CLORINDE,

TRAGÉDIE

EN CINQ ACTES ET EN VERS.

SUJET TIRÉ DU TASSE.

Par le Citoyen DEVINEAU.

IMPRIMÉE EN M. DCC. LXXVI

Et réimprimée avec des corrections et des aug-
mentions en l'an XI.

À PARIS,

Chez {
L'AUTEUR, rue du Four St.-Honoré, n°. 10.
PETIT, Libraire, Palais du Tribunat, galerie
vitrée.

AN XI.

PERSONNAGES.

GODEFROY, Général des Chrétiens.

TANCRÈDE, Prince Chrétien.

VAFRIN, Confident de Tancrède.

Un SOLITAIRE Chrétien.

HERMINIE, Reine d'Antioche.

FANIDE, Confidente d'Herminie.

ALETE, Ambassadeur d'Aladin, roi de Jérusalem.

ARGANT, Circassien.

CLORINDE, Guerrière.

ARSETE, Gouverneur de Clorinde.

Un OFFICIER Chrétien.

Un Pâtre des champs de Jérusalem.

La scène est près des murs de la forteresse de Jérusalem.

CLORINDE,

TRAGEDIE.

ACTE PREMIER.

SCÈNE PREMIERE.

La scène, d'un côté, représente une Forteresse ; de l'autre côté une forêt et quelques côteaux.

GODEFROY, *seul.*

D'APRÈS tant de périls, d'après tant de combats'
Qui vers la Cité Sainte ont dirigé mes pas ,
Quel dur revers rendant mon ame chancelante ,
De la paix vient m'ôter la palme triomphante ?
O que le juste ciel , pour punir notre orgueil,
Quand il veut, nous prépare un redoutable écueil!
Et que de Dieu par-tout la sagesse ineffable
Sait punir cet'orgueil , bien souvent trop coupable ?
Au sein de tant de maux et de douteux succès ,
Pardonne nous , grand Dieu , prolonge tes bienfaits :

Hélas ! ne laisse pas éteindre dans cet ame ,
Le lumineux rayon de ta divine flamme.
Lorsque des ennemis revenus vers ces murs ,
Vont nous porter , ce jour , des coups encor plus sûrs.
Fais que tous leurs efforts , jaloux de tant de gloire ,
Ne m'en arrachent pas le jour et la victoire :
Daigne encore dans moi , par tes dons bienfaisans ,
Ranimer de ce cœur les restes languissans.
Sans doute tout Chrétien , par ta sagesse même ,
Souvent dans un grand bien trouve un bien plus suprême.

SCÈNE II.

GODEFROY, un SOLITAIRE Chrétien.

GODEFROY.

EH bien digne soutien des plus augustes nœuds ,
Vous digne de régler notre ame dans ses vœux ,
Vous à qui l'avenir et les tems se déclarent ,
Et les maux que toujours les méchans se préparent :
Généreux solitaire ! est-ce donc en ce jour
Que l'ennemi nous vient assaillir à son tour ?
En voyant sur nos pas les traces formidables
D'Indiens , de Sarrazins , pour nous si redoutables ;
Guidés par la prudence , et soumis à la loi ,
O ciel ! que faut-il faire ?

LE SOLITAIRE.

Etre armé de la Foi ,

Seigneur ; et de Dieu même adorant la sagesse ,
Pour son culte ne point tant montrer de faiblesse.

G O D E F R O Y.

Sans doute avec respect soumis aux lois des cieux ,
Je leur soumets sans peine un front religieux.
Mais adorant de Dieu la sagesse infinie
Devrais–je avoir d'un songe encor l'ame saisie ?
Dois–je le rappeler à mon cœur accablé ?
Et faut–il qu'un Chrétien en reste encor troublé ?
Assis tranquillement sous ces ciprès funèbres ,
J'envelopais mon cœur du voile des ténèbres ;
Repassant un moment les sublimes bontés
Que nous montrent des cieux les divines clartés :
Lorsqu'un guerrier , le chef de la troupe invincible ,
Jadis , à l'ennemi devenu si terrible ,
Dans un songe aussi-tôt à mes yeux s'est montré ,
Armé d'un bouclier superbement paré ,
Qu'il offrait à mes yeux en signe de victoire ;
Lui même ayant le front tout rayonnant de gloire :
Godefroy , disait-il : « Revoyez un Chrétien
» Qui , jadis s'opposant aux traits d'un fier Indien ,
» A péri sous le fer d'une main ennemie ;
» Les coups de Soliman m'ont arraché la vie.
» Un Chrétien dans ce jour doit seul venger ma mort ;
» Le ciel à sa valeur réserve un meilleur sort.
» Mais, hélas! me vengeant pour mon bonheur, le vôtre,
» Redoutez un destin qui deviendra tout autre.
» Au céleste séjour je jouis désormais

» Du bonheur achevé d'une tranquille paix :
» Adieu. Vivez heureux ». Soudain dans la nuit sombre
J'ai voulu , mais en vain , trois fois serrer son 'ombre ;
Et trois fois mon esprit , demeurant éperdu ,
N'a trouvé dans mes bras qu'un fantôme apparu.
Que direz-vous , ô ciel ! de cet effet suprême ?
Est-ce une erreur ? ou bien un songe de Dieu même ?

LE SOLITAIRE.

Dieu , quelquefois , seigneur , par de semblables traits ,
De son courroux retient ou cache les effets.
Ah ! sans examiner si quand il nous éclaire ,
Il nous frappe un peu trop des coups de sa colère ,
Nous devons obéir à ces décrets des cieux ,
Et ne point nous revoir d'un œil trop glorieux.

GODEFROY.

Ah ! sans doute , je sais que nos moindres conquêtes ,
Ces funestes apprêts qui défendent nos têtes ,
Nos sermens, notre honneur, ces remparts, ces drapeaux,
Des défenseurs Chrétiens les secours peu nouveaux ;
Ces tentes , cet airain , ces machines de guerre ,
Contre nos ennemis ne nous défendront guère.
Et je viens d'oublier un point plus essentiel.

LE SOLITAIRE.

C'est de monter votre ame au séjour éternel ;
C'est d'invoquer les cieux de rentrer en soi-même ,
Et d'adresser des vœux à leur bonté suprême.

GODEFROY.

Ah ! sans doute ce soin , digne effet de la foi ,
Est ce qui fut toujours celui de Godefroy.
Eh bien , dès ce moment , ranimons en notre ame ,
Qu'un devoir pur et saint et l'embrâse et l'enflamme :
Nous même , étant vêtus du plus digne ornement ,
Témoignons en aux cieux l'hommage qu'on leur rend.
Des Indiens on publie une proche ambassade ,
Il n'est rien dans le camp qui ne le persuade ;
Deux des leurs , arrivés du fond de leur pays ,
En annoncent l'approche à nos sens interdits :
Par leur nombre avec eux , accouru de leur plage ,
Ils traînent à leurs pas l'épouvante et l'orage.
L'un est Alete , esprit fourbe , artificieux ,
Adroit , insinuant , faux , double , insidieux ,
L'artifice avec art va sortir de sa bouche.
L'autre est le fier Argant , ce Circassien farouche ,
Qui souvent parmi nous répandit la terreur ;
Cruel , impitoyable , et fier avec fureur
Oui redoutons par tout leur force sanguinaire ,
Pourtant n'imitons pas ces monstres de la terre ,
Qui boivent avec joie , en tigres altérés ,
Le sang de leurs égaux par leurs mains massacrés.
Mais , ciel ! je vois venir l'infortuné Tancrède ;
Ah ! trop témoins encor du trouble qui l'obsède ,
Laissons-le s'accabler de son poids rigoureux.
La solitude est due au sort du malheureux :
Lorsque la remontrance est pour une ame vaine
Il n'est que ce moyen pour adoucir sa peine.
D'un amour sans espoir en lui plaignons l'erreur ,
Et de son sort , hélas ! évitons la douleur. (*Ils sortent.*)

SCÈNE III.

TANCRÈDE, VAFRIN.

VAFRIN.

D'UN Chrétien, dans ces lieux portant en vous l'image?
De votre cœur au moins dissipez le nuage.
Quels sanglots, quels soupirs, et quel accablement
Pour une beauté fière offrent en ce moment.

TANCRÈDE.

Cher ami, je la vis dans un charmant boccage,
L'air, le jour, le repos, le silence et l'ombrage,
Tout, l'agréable instant, un vent frais et léger,
Sans doute dans ce lieu venaient de l'engager
Pour s'y désaltérer aux eaux d'une onde pure.;
Ses cheveux voltigeans épars à l'aventure,
Sans casque, faisaient voir plus qu'un visage altier
Sur les traits embellis d'un corsage guerrier.
Je ne me trompois point, en effet, son courage
Venait sur un Chrétien de venger un outrage.
Et sur son cœur encor son casque retenu,
Sans doute par un coup qu'elle avait prévenu,
Faisait voir une fille en un champ de batailles,
Qui venait d'un des siens venger la funérailles.
Juge quel est mon trouble à ce trait suprenant !
Je me jète à ses pieds saisi d'étonnement,

Mais ciel ! quel est le trait qu'elle joint à ses charmes ?
La cruelle à l'instant, en reprenant ses armes,
M'attaque, et par un coup dont je reste éperdu,
Veut vaincre encor celui qu'elle a déjà vaincu.
Elle poursuit ; ô ciel ! et moi-même immobile,
Je demeure interdit à son cœur indocile.
« Ah ! guerrière, lui dis-je, hélas ! oui, que vos coups
» Sont terribles, sans doute, et sont dignes de vous !
» Mais que ceux de vos yeux, par des marques plus sûres,
» Portent au fond du cœur de profondes blessures ! »
Des Chrétiens à l'instant arrivent sur nos pas,
Un lâche en assassin, lève déjà le bras...
Ciel ! quelle est la frayenr dont mon ame est saisie ;
Je poursuis l'inhumain qui d'une telle vie,
Par le coup odieux d'un indigne recours,
En perfide, à mes yeux, allait trancher le cours.
La guerrière aussi-tôt disparaît à ma vue,
Je reparais,.... Mais ciel ! l'ame plus éperdue
Et dès ce même instant, un cruel désespoir,
Sur le cœur de Tancrède exerce son pouvoir ;
Et ne montre que trop, que le plus insensible,
N'a pas même à l'amour un cœur inacessible.

VAFRIN.

Et dès ce jour cruel si fatal aux Chrétiens,
Où sur Arimond seule elle vengea les siens,
Herminie, elle-même à l'amour qui l'obsède,
N'a pu trouver d'accès dans l'ame de Tancrède.

TANCRÈDE.

Ah ! sans doute son sort eut lieu de me toucher,

Et Tancrède n'a pu d'un moment le cacher ;
Voyant entre mes mains une vertu si tendre,
Aux rigueurs du destin si dignement se rendre,
Je sçus rompre ses fers dans un digne entretien ;
Et captive, je dus la traiter en Chrétien.
Mais ciel ! que peut l'amour, quand le cœur est de glace,
Dans un cœur à son gré peut-il prendre une place ?
Et peut-il s'embrâser quand il demeure sourd ;
Et des rigueurs du sort peut-on blâmer l'amour ?
Je donne à ses vertus une amitié sincère ;
Je l'aimerais peut-être, hélas ! si la guerrière,
Si Clorinde sur moi... Mais ciel ! que vois-je, ami ?
Ciel ! Herminie approche ; hélas ! de quel ennui...

SCÈNE IV.

HERMINIE, TANCRÈDE, VAFRIN.

HERMINIE.

Seigneur, je le vois bien, je vous trouble, sans doute,
Par un mot d'entretien qui, peut-être, vous coûte ;
Mais que ne doit on point aux vertus d'un grand cœur,
Quand un sort magnanime en a réglé l'ardeur !
Souffrez que je le dise en vous, à cette gloire,
Dont mon cœur, pour toujours, gardera la mémoire.
Votre captive, hélas ! tombée entre vos mains,
Eut lieu, dès ce moment, de chérir ses destins.
En réprimant un sort dont l'image consume,
Vous avez de ses fers adouci l'amertume ;

Ayant reçu de vous le plus grand des bienfaits ;
Croyez que ma vertu ne l'oubliera jamais :
De mettre à son degré votre gloire infinie,
Doit être le devoir de la tendre Herminie !
Et j'aurais crû, Seigneur, avoir un cœur ingrat,
Si, de mon rang ayant recouvré tout l'éclat,
Je n'eus au moins pu rendre un si léger hommage
Aux bontés que pour moi montra votre courage.

TANCRÈDE.

Moi-même, hélas ! Madame, ayant avec douleur
A répondre au destin qui fait votre malheur,
Soit par un trait de gloire, ou d'honneur, ou de flamme
Qui restera gravé dans le fond de mon ame,
Je demeure confus, tout en m'applaudissant,
De voir en vous un cœur aussi reconnaissant :
Ce souvenir toujours montre une ame si pure,
Que vous l'embellissez de la simple nature.
Hélas ! loin d'en vanter en moi le faible effet,
Ne le regardez pas même comme un bienfait.
Le sort de vos beaux jours avait troublé le charme,
Madame, j'ai tâché d'en dissiper l'alarme,
Et j'ai fait, en brisant cet indigne lien,
Le devoir de mon cœur et celui d'un Chrétien.

SCÈNE V.

TANCRÈDE, HERMINIE, VAFRIN,
Un OFFICIER Chrétien.

L'OFFICIER Chrétien.

SEIGNEUR, sur l'heure même, en attaquant l'armée,
Argant, ce Circassien, d'une rage animée,
En cherchant Godefroy, comme un tigre odieux,
Lance par-tout sur nous ses regards furieux.
Alete est avec lui, dont la douceur traitable,
Mais feinte, sait calmer cette ame impitoyable.
Ce Circassien cruel vient, de ses propres mains,
D'immoler, à nos yeux, les plus braves chrétiens ;
Et Godefroy, dans peu, malgré nous se prépare
A même entendre ici la voix de ce barbare.

TANCRÈDE à Herminie.

Ah ! Madame, souffrez qu'un moment, malgré moi,
Je ne puisse me rendre à ce que je vous doi ;
Vous savez qu'un Chrétien, à l'ordre que l'on donne,
Est jaloux d'obéir, quand son pays l'ordonne.
Je suis humilié de ne pouvoir encor
Faire, pour vous entendre, un agréable effort.
Contraint par un devoir dont la rigueur m'accuse,
Je vous en fais encor la plus sincère excuse ;

Et suis confus d'offrir un aussi court adieu
Aux charmes qui, par vous, résident en ce lieu.

(Il sort avec Vafrin et l'officier Chrétien).

HERMINIE.

Ah! que viens-je d'ouir ? Ciel ! Argant, ce barbare,
A braver les Chrétiens, Fanide, se prépare !
Pour Tancrède, sans doute, hélas ! je ne crains point,
Mais je ne sais quel trouble à ma douleur se joint.
O toi ! fier Sarrazin, dont la gloire est l'outrage,
Ah ! de Tancrède, Argant, que n'as-tu le courage !
Tout Indien doit, sans doute, être cher à mon cœur,
Mais je ne puis souffrir ta jalouse fureur ;
Fourbe, inhumain, cruel, féroce, impitoyable,
Faisant dépendre tout de ta rage implacable ;
Tu ne connais, cruel, de droits dans ta fureur,
Que ceux de ton épée, et non pas de ton cœur.
Mais Fanide, sans trop m'occuper d'un barbare,
Ah ! songeons bien plutôt au trouble qui m'égare.
Toi-même, pour charmer un mortel que mon cœur
Ne peut envisager sans une vaine erreur
Ne peux-tu pas trouver à la tendre Herminie,
Une ressource au moins dont, à tes yeux ravie...
Mais de quel soin moi-même inventai-je l'espoir ?
Ah ! Fanide, un moment, peux tu le concevoir ?.
De Clorinde tu sais la retraite ignorée,
Employons le recours d'une ame timorée ;
Hélas ! embellissant des instans généreux,
Puissent-t-il sur Tancrède avoir ce charme heureux,

Cet attrait de l'amour qui porte avec sa flamme,
La douceur d'être aimé dans le séjour de l'ame !
A l'aide de la nuit, ne nous décélant pas,
Au camp des Sarrazins introduisons nos pas.
Pour adoucir le joug d'une pénible chaîne,
Qu'à ses traces, l'amour aisément nous entraîne !
Oui, profitons des pas de cet ambassadeur,
Fanide, et saisissons cet instant de bonheur :
Des armes de Clorinde un moment revêtue,
A Tancrède montrons sa présence imprévue.

FANIDE.

'Ah ! voyant jusqu'où va tout votre amour pour lui,
J'approuve ce penser qui calme votre ennui.

HERMINIE.

A cette vue, hélas ! qui pour lui sera chère,
Fanide, penses-tu que je pourrai lui plaire ?

FANIDE.

Ah ! quelquefois un cœur de son sort accablé
Par un je ne sais quoi se trouve consolé ;
Et l'amour par hazard rejoint sans artifice
Ce qu'il avait avant séparé par caprice.
Mais sans vous rappeler ce jour, ce triste jour
Où Tancrède parut s'attendrir à son tour,
Où touchant votre cœur d'un trait de l'espérance,
Il vous vit, il vous plut, charma votre innocence...

HERMINIE.

Tu vis comment je fus éprise en mon malheur ,
Lorsque , témoin des coups que frappait sa valeur ,
La fille de Cassan souverain d'Antioche ,
Apprenant des Chrétiens la redoutable approche ,
Souvent à la faveur des ombres de la nuit ,
Dissipait les frayeurs que répandait ce bruit ;
Et cachant le pouvoir de sa naissante flamme ,
Au jour en déroba les replis de son ame.
Tu sais , lorsqu'Herminie , au sein de ses ramparts ,
Vit la foudre bientôt tomber de toutes parts ;
Tu sais , dis-je , comment me voyant sa captive ,
Lui-même rappela mon ame fugitive ;
Et bien loin d'abuser de mes faibles esprits ,
Me rendit à moi-même ainsi qu'à mon pays.

FANIDE.

J'eus lieu de ces bontés de vous paraître émue ,
Venant de ces Chrétiens , si vils à notre vue ;
Et quand je songe encore...

HERMINIE.

Ah ! ne rappelle rien ,
Tout mortel pour mon cœur est désormais Chrétien.
Ah ! quels que soient les coups que leur haine nous lance ,
Les Chrétiens ne sont point cruels comme on le pense :
Ils ont sans doute entre eux leurs méchans comme nous.
Les malheureux humains se ressemblent-ils tous ?

Mais dans le trouble encore où tu vois Herminie,
N'augmente pas l'excès de sa peine infinie.
Et bien loin d'occuper les replis de mon cœur
D'images qui ne font qu'accroître ma douleur,
Oui, cherchons bien plutôt, par une adroite feinte,
A cacher les douleurs dont mon ame est atteinte;
Et quoi qu'il en arrive, allons pour mon amour
Employer dans mon cœur un innocent détour.
Fanide, puisse, hélas! qu'un pareil artifice
Répare de mon sort la barbare injustice!

Fin du premier Acte.

ACTE II.

SCÈNE PREMIÈRE.

TANCRÈDE, *seul.*

O ciel! que ces Indiens tardent bien , selon moi,
A venir s'expliquer aux yeux de Godefroy!
Hélas! que vont-ils dire à l'ame de Tancrède?
Je sens que leur approche ici déjà m'obsède.
Que vont nous proposer de tels ambassadeurs?
Des monstres des forêts auront-ils les fureurs?
Pour des opinions qu'il présente à la terre,
Sur-tout ses intérêts pour lui seul qu'il préfère,
O que l'homme est injuste, et qu'il sait bien peu voir
Quel est ce qu'il doit faire, et son premier devoir.
Mais laissons un moment ce qu'au fond de ses veines
L'homme devrait sentir pour adoucir ses peines.
Dieu! je vois ces Indiens? je ne me trompe pas,
Hélas! que je me plains de me voir à leurs pas!
Mais quelle illusion s'empare de mon ame,
Et redouble l'excès de ma funeste flamme?
Plus on approche, et plus ce qui frappe mes yeux...
Que vois-je? c'est Clorinde, elle-même avec eux!
Juste ciel! se peut-il que des vertus si rares,
Puissent se rencontrer avec de tels barbares.

2

SCÈNE II.

GODEFROY, TANCRÈDE,
HERMINIE, *cachée sous les armes de Clorinde*,
FANIDE, ALETE, ARGANT,
les chefs de l'armée Chrétienne.

A L E T E.

Oui, généreux chrétien, dont l'illustre valeur
A par-tout de ton nom répandu la terreur';
Oui, souffre qu'un Soudan, ravi de ton courage,
En présente à ta gloire un légitime hommage.
Ayant appris, par nous, que les jaloux destins
Ont suspendu le cours de tes heureux desseins,
Touché dans toi de voir une ame peu commune,
Pour un moment en proie au coup de la fortune,
Il t'en offre un secours digne de la valeur ;
Qu'il voudrait rendre encor plus digne de ton cœur.
Cette ame grande et pure autant que magnanime,
Prouve autant qu'il t'en fait un tribut légitime
Qu'il le doit à tes lois que tes pas généreux
Ont transmis de l'Europe à nos bords malheureux:
Tant de climats vaincus, tant de villes forcées,
Lui rappellent encor tes conquêtes passées ;
Et tes travaux derniers et tes succès récens,
N'en témoignent que trop les triomphes présens
Il sait que ces climats, ainsi que la Judée,
N'en offrent à nos yeux qu'une légère idée;

Que Jérusalem même , en tes divines mains ,
Prouve encor l'équité de tes heureux desseins :
Et que des bords du sud , aux rives du Bosphore ,
De celles du couchant , à celles de l'aurore ,
Rien ne peut ajouter à tes succès heureux.
Mais quels que soient encor des coups si glorieux ,
Il croit que tu dois craindre en sa rage implacable ,
De tous les ennemis celui le moins traitable
La famine , en un mot , ce monstre dévorant ,
Qui va de ces remparts faire un brâsier ardent ;
D'un soufle du midi les ailes meurtrières ,
Dessécher , à tes pas , les lacs et les rivières ,
Et la foudre en éclats tombant de toutes parts
De morts et de mourans entourer ces remparts ,
Et tes vaisseaux de plus , sur la face des eaux ,
Etre bientôt en proie à la fureur des flots.
C'est ce dont un grand prince , ennemi de séduire ,
Par ma bouche , un moment , a bien voulu t'instruire.

GODEFROY.

Indiens , par l'intérèt si vif et si puissant
Que prend à notre sort ton illustre soudan ;
L'avis qu'il fait donner où l'honneur nous expose ,
M'honore tout autant que j'en prévois la cause ;
Sans doute il me console , et Godefroy flatté
Demeure si content du soin qui l'a dicté
Que sans même y vouloir porter la moindre envie
Il en montre à tes yeux l'ame la plus ravie.
Mais sans trop te louer de son intention ,
Posséderais-tu l'art de la séduction !

2 ★

Tout chrétien avec joie a dû même t'entendre ,
De plus , de t'écouter je n'ai pu me défendre :
Et ton encens flatteur est un rare trésor ,
Qui sait adroitement mêler le miel à l'or ;
Et même s'il ressemble à ce que dit ta bouche ,
Il n'est point de vertu que ton ame ne touche.
Toutefois je ne sais si tu vois assez bien
Ce que c'est que l'honneur dans l'ame d'un chrétien.
Mon unique dessein , en entrant dans l'Asie ,
Prêt à sacrifier le reste de ma vie ,
Fut d'exposer mes jours , tout , jusques à mes biens ,
Pour délivrer ces murs de leurs honteux liens :
Et par Jérusalem , entre mes mains remise ,
J'ai rempli les devoirs dont mon ame est éprise ;
Et désormais ces murs , à mes lois asservis ,
Ne craindrons plus l'effort de tes coups ennemis.
Mais de quel droit enfin captant ma bienveillance ,
Ton roi recherche-t-il ici mon alliance ?
Hélas ! la paix sans doute est le plus heureux bien
Que puisse au fond du cœur rechercher un chrétien.
Quand la loi de Dieu même en assure le charme ,
Elle a des jours sans fiel et des biens sans alarme.
Que ton prince pour lui la recherche du moins ,
Que ses yeux de mes coups deviennent les témoins ,
Quelle que soit pour moi sa plus rare vaillance ,
Je respecte son rang, son nom et sa naissance ;
Je me trouve honoré de l'avoir entendu
Mais contre ce bonheur qu'il soit moins prévenu ,
Et que regardant mieux tout ce que j'ai dû faire ,
Il nous laisse souffrir , même au sein de la guerre,

ARGANT.

Eh bien , de ta réponse ainsi puisqu'il en est ,
Argant, le fier Argant en consulte l'effet :
Pour offre , pour parole, et réplique dernière ,
(*En faisant un plis avec sa robe.*)
Par ce signal, j'apporte ou la paix ou la guerre.
Que celui d'entre vous qui la desire encor,
S'en témoigne à mes yeux le plus digne support.
Les combats ou la haine à vous vaincre m'engage,
A vous massacrer tous portent toute ma rage,
Je vous donne à choisir des lois de la terreur,
De la paix... de la mort... de la guerre... ou l'horreur...
Vous hésitez... Eh bien , recevez la cruelle,
Je vous la jure à tous , et la jure mortelle.
J'ajoute que je viens , dans ces affreux momens,
De me faire un rempart des vôtres expirans ;
Un téméraire en vain m'a su crier arrête ,
A mes pieds à l'instant j'ai fait rouler sa tête ;
J'ai su punir en lui de plus cruels bourreaux ,
Faisant fouler son corps aux pieds de mes chevaux.
En est-il parmi vous plus d'un qui lui ressemble ,
Tous unis , séparés , je vous défie ensemble ?
Pour vous donner sur l'heure un trépas plus certain,
J'ai su tremper ce fer dans un subtil venin ,
Qui va sur l'un de vous par la mort la plus prompte,
Le coucher sur la terre et le couvrir de honte.
Quel cruel !...

CLORINDE,

TANCREDE.

Odieux et barbare ennemi !
Arrête, tu me vois, j'accepte le défi ;
Le sort ne fera pas qu'une autre que cette arme,
A mes coups un moment en dérobe le charme ;
A quel que sort qu'au moins tu veuilles destiner,
Cruel ! viens-tu pour vaincre ou pour assassiner ;
Barbare, en accourant du fond de ta patrie,
D'un monstre des forêts as-tu donc la furie ?
Le monstre a du courage ou le faible a du cœur.
Es-tu tigre, ours, ou bien un lion en fureur,

ARGANT.

Et toi, de quelque sens que mon cœur t'envisage,
Pour me répondre ainsi, manques-tu de courage ?
Ah ! sans plus discourir, suis donc.

TANCREDE.

Oui, de mon cœur
Tu ne méritais pas sans doute cette honneur ;
Cruel, de me combattre avec même courage,
Peut-être as tu du sort reçu même avantage ?
Va, quel que soit le mien, qu'il vive ou soit mortel,
Je mourrai, mais du moins sans te craindre, cruel !
(En parlant aux Chrétiens.)
Oui, Chrétiens, respectez ce farouche adversaire,
Qui prétend, sans pitié m'arracher la lumière ;
Terrible, mais cruel et féroce ennemi ;
Chrétiens, je ne veux pas m'en venger à demi !
(A Godefroy.)
Ah ! seigneur, excusez ce zèle qui m'enflamme.

GODEFROY.

Allez , Tancrède , il est bien digne de votre ame ;
L'accomplissant , au moins songez à Godefroy.

TANCRÈDE.

N'en doutez pas , seigneur.

ARGANT.

Quel est donc ton effroi ,
Tu tardes bien , chrétien ?

TANCRÈDE.

Ah ! c'est pour mieux te vaincre ;
Et ce fer va dans peu peut-être t'en convaincre :
Barbare je te suis.

GODEFROY (*comme ils sortent*).

Dieu ! qui du haut des cieux ,
Dans l'univers entier porte par-tout les yeux.
Témoin de ce combat , que la fureur , la haine
Ou l'inimitié seule à tant d'horreur entraîne.
Dieu , n'abandonne pas un de tes serviteurs
Qui combat pour ta loi contre des destructeurs.
Et nous amis , allons voir à cette menace
Dans ce fier Sarrazin l'effet de tant d'audace.
Pour Tancrède observons nous-même à cet instant ,
De ce combat cruel le résultat sanglant.

Et si ce Circassien dans sa rage ennemie
N'ajoute point à l'art la noire perfidie.
Marchons... sans plus tarder.

(*Godefroy*, *les Chrétiens sortent.*)

HERMINIE.

"Quelle horreur, juste ciel !
Hélas ! que je frémis de cet instant cruel.
Dieu ! qu'il m'en a coûté pour pouvoir me contraindre,
Et des lois du silence en moi ne rien enfraindre.
Dans le trouble où je suis, dans l'horreur que je vois
Pour Tancrède, grands Dieux, que je tremble d'effroi.
Pour un moment, j'avais dans mon amour extrême,
Pris ce déguisement pour me tromper moi-même,
Pour paraître à ses yeux sous les traits de l'objet
Qui cause sa douleur, et double mon regret;
Ciel ! et pour un moment, le trouble qui m'égare,
N'a pu le détourner de ce combat barbare;
Et lui-même à l'instant arrêté dans mes fers,
N'a pu s'abandonner à des momens plus chers !
Que la guerre à mes yeux est désormais affreuse !
Et qu'elle me paraît terrible et rigoureuse !
Hélas ! les écoutant les yeux troublés, confus,
Déguisant les replis de mes sens éperdus,
Je me flattais déjà d'une agréable attente,
Le retard à mon cœur la rendait séduisante.
Mais dans le tems, ô Dieux ! que mon sort recouvré...
Que l'amour... qu'un espoir.. qu'un bonheur espéré..
Que je sentais mon cœur revenir à la vie,

Une fureur barbare, une rage inouie,
La rage des combats m'enlève tout espoir,
Et ne me laisse ici que celui de m'y voir.
Je n'ai pu retenir une ame généreuse!
Empêcher... prévenir qu'une fureur affreuse...
Pour trouver le repos que mon cœur a perdu,
N'est-il point d'autre espoir à mon ame rendu?
Il me vient un penser, ah! vois-tu ces cabanes?
L'homme auprès ni voit point de ces vertus profanes,
Hélas! l'impureté n'y souille point l'amour,
Et l'innocence au moins habite ce séjour.
Fuyant Tancrède, ô ciel! ainsi que ma patrie,
Hélas! j'y passerais le reste de ma vie!
Des hôtes de ces bois j'entendrais les accens?
Désormais pour mon cœur ils seraient séduisans!
Et leur son se mêlant aux eaux d'une onde pure,
Me charmeraient bien plus, joint à ce doux murmure,
Que ces jours consumés d'amertume et d'erreurs,
Où, dévorés toujours de crimes et d'horreurs,
Des mortels enivrés de haine et d'arrogance,
D'un œil indifférent regardent l'innocence;
Et fatigués du poids dont ils sont entourés,
Passent des jours de fiel et d'erreur enivrés;
Et bravant les rigueurs du destin qu'il endure,
A leur cœur pour jamais dérobent la nature.
Oh! que l'homme eût mieux fait, dans sa calamité,
De chérir la nature en sa simplicité!
Né fier, mais généreux, il devient sanguinaire;
En perdant l'innocence, il perd son caractère.
Mais, Fanide, entends-tu le bruit d'un combattant?

Que vois-je ? c'est ô ciel, Tancrède avec Argant ;
Hélas ! vois-tu les coups qu'ils se portent, qu'ils parent !
Juste ciel ! tous mes sens frissonnent et s'égarent.
Ils se cherchent des yeux, se mesurent du front ;
Quelle attaque ? vois-tu les regards qu'ils se font ?
Quelle ruse, quels coups, quel art, quelles mesures,
Leur font en ce moment de profondes blessures !
Quelle fureur, hélas ! redouble mon effroi !
Ah ! je les vois blessés, même en plus d'un endroit ;
Juste ciel ! et d'Argant l'épée envenimée,
Fanide, à cette horreur je reste inanimée.
Ah ! savante en cet art utile à tout mortel,
Souvent si nécessaire, et souvent si cruel,
Tu sais qu'accoutumée en des lieux solitaires,
Je connais les vertus de plantes salutaires ;
Ah ! trop tendre Herminie, hâte-toi, vole, cours,
De Tancrède en danger, oui, cours sauver les jours ;
Il n'est point de chemin, ô ciel ! que tu ne fraies
Pour pouvoir en donner du secours à ses plaies,
Sans ce secours de moi, pour comble de forfaits,
Une rapide mort en serait les effets.
Vole... mais que vois-tu pour quelque raison forte ?
Quand bien plus que l'amour l'humanité t'y porte ?

SCÈNE III.

HERMINIE, FANIDE, ARSÈTE.

ARSÈTE.

MADAME, pardonnez, pour mon cœur s'il est doux
Dans ces tristes momens de me voir près de vous...
Je cherchais de vos pas la trace bien fidèle
Que par bonheur le sort fait trouver à mon zèle.
Du moment que la guerre a couvert ces climats
De soldats hérissés des armes du trépas
Quoique vous paraissiez, vous-même, un peu troublée....

HERMINIE.

Ah ! sans doute, j'ai lieu de rester accablée.

ARSÈTE.

Quoique ce triste instant pour moi soit peu celui
D'interroger une âme en proie à son ennui,
Permettez...

HERMINIE.

Ah ! seigneur, achevez ; oui, sans doute,
Herminie avec joie un moment vous écoute ;
C'est le sort du barbare ou du monstre en fureur,
Quand le crime est commis, qui fait trembler un cœur,
Quelquefois la vertu peut avoir ses détresses,
Que lui causent souvent de malignes bassesses,
Mais votre cœur, en tout, oubliant les mortels,

A fui de leurs complots les traits les plus cruels ;
Et désormais exempt de leurs sombres malices ,
Ne se voit point en proie à leurs lâche caprices.
Que voulez-vous, seigneur ?

ARSETE.

Madame , auprès de vous ,
Jusqu'alors , de Clorinde ayant guidé les coups ,
Du sort tentant pour elle à braver les disgraces ,
Je croyais voir ici ces précieuses traces.

HERMINIE.

Ah! seigneur , pour Clorinde et sa fière valeur ,
Quel trouble auprès de moi dirige tant d'ardeur ?
Sans cesse ayant pris soin de sa rare vaillance ,
Vous avez vu ses coups croître votre espérance ;
Ah ! se peut-il encor que vos soins précieux
Cherchent auprès de moi des jours si glorieux ?
Hélas ! comblant le cours de ses vertus guerrières ,
Clorinde ne suit point des traces si vulgaires ;
Dans le fond des forêts , à la tête des siens ,
Où cherchant le trépas dans le sang des Chrétiens ,
Et méprisant des soins peu faits pour son courage ,
Seule , elle sait porter la mort et le ravage.
C'est dans ces mêmes lieux , sans doute que vos pas
Trouveront le pouvoir que tous les miens n'ont pas :
Vous savez mieux que moi , s'il me faut le redire ,
A quel soin généreux son grand courage aspire :
De son sexe , seigneur , dédaignant tout emploi ,
Vous savez que son cœur se plaît parmi l'effroi.
Mon ame qui l'admire , en plaignant ma misère ;

Ne porte point d'envie à sa valeur altière ;
Mais une ame aussi fière aime peu la douleur,
Clorinde a son courage , Herminie a son cœur.

ARSÈTE.

Excusez moi , Madame...

HERMINIE.

Ah ! j'approuve ce zèle ,
Il est digne dans vous d'une vertu si belle ,
Et qui prend tant de soin d'être alarmé d'un cœur
L'étant des coups du sort , ne l'est pas de l'erreur
Vous même permettez qu'en ce lieu je vous laisse
Dissiper à loisir le trouble qui vous presse ;
Sans dépriser le vôtre un sort non moins jaloux,
Dans ce même moment m'accable comme vous.

(*à part*).

Dieu ! qui me fait encor dans ma douleur extrême
Différer si long-tems ?.... M'égaré-je moi-même ?...
Quand la reconnaissance est un premier devoir ,
Est-il un autre soin qu'en moi je doive avoir ?
Je vais... C'est trop tarder, oui ma chère Fanide ,
Courons.   (*Elle sort avec Fanide.*)

ARSÈTE, *comme elle sort.*

Madame, ô ciel ! daignez être mon guide ,
Permettez que du moins j'accompagne vos pas,
Vous fuyez , juste ciel ! et ne m'écoutez pas.

(*à part.*)

Ah ! quel en est le trouble où je me vois moi-même ,
Ciel ! vient-il de mon ame ou de ma peine extrême ?

Ayant pu jusqu'alors élever sous mes yeux ;
Des jours mis en mes mains comme un bien précieux ,
J'ai fait ce que j'ai pu , prescrivant au courage
Des soins dignes en moi d'un si précieux gage ;
Et voilà tout-à-coup que la mort et l'effroi
Font passer à ces murs le nom de Godefroi ,
Et semant dans ces champs la mort et le ravage ,
De mourans et de morts inondent cette plage.
O destin ! ne fait point que j'en sois si troublé ,
Et quel que soit le sort de ce cœur accablé ,
Fais-moi courir encor , malgré l'âge et ses glaces ,
A Clorinde donner des soins plus efficaces.

Fin du second Acte.

ACTE III.

SCÈNE PREMIÈRE.

TANCRÈDE, VAFRIN.

VAFRIN.

Sans doute, en remportant une telle victoire,
Vous vous êtes couvert d'une éternelle gloire.
Seigneur, en nous montrant la plus rare valeur,
Nul d'entre nous n'en eût mieux décelé l'ardeur :
Vous nous avez vengé de ce mortel farouche
Dont la rage mettait le blasphême à la bouche,
Qui, portant parmi nous la terreur et l'effroi,
S'arma cruellement du plus barbare emploi,
Et dans le fond ne fut rien moins que sanguinaire.

TANCRÈDE.

Sans doute ; j'ai vaincu ce terrible adversaire
Dont le courage était une injuste fureur,
Qui, sans nulle pitié pour une tendre fleur
Que le sort avait mis dans les bras de la gloire,
Par un lâche triomphe avilit sa victoire ;
Et qui, cruel, barbare et brave sans courroux,
Sacrifiant les jours de deux tendres époux,
Victorieux sans gloire et lâche sans principe,
Immola sans pitié la vaillante Gildipe.

Quoiqu'il en soit, rend-on les devoirs d'un mortel
A ce cœur né vaillant, mais toutefois cruel ?
Ma haine triomphante aussi bien que ma gloire,
Hélas ! ne s'étend pas par-delà ma victoire.

V A F R I N.

Dans ce même moment, on vient du fier Argant
De relever le corps sur la terre gissant ;
Qui, tout mort, ne semblait que vomir l'imposture.
L'honorant de devoirs dûs à la sépulture.

T A N C R È D E.

O ciel ! ayant vaincu ce cruel ennemi ,
Dans un trouble profond moi-même enseveli,
Par un triomphe , alors, douteux autant que rare ,
Tout près de succomber sous les coups du barbare ,
Je me suis vu laisser dans mon cruel destin ,
Secouru, je ne sais encor par quelle main ;
Lassé, tout épuisé du sang de mes blessures ,
Ne puis-je , ami , savoir l'objet qui , sans murmure ,
Des ombres de la mort me voyant entouré ,
A mis cet appareil à ce flanc déchiré ?

V A F R I N.

Ah ! que l'on est heureux, quand du sein de la gloire,
Un charme encor plus grand ajoute à la victoire !
Que soi-même au moment que son sort est bravé ,
On reste secouru des mains qui l'ont sauvé !
Une femme, dit-on...

TANCREDE.

Ami, ciel ! une femme ?
Se peut-il ? que , dis-tu ? quel trouble dans mon ame !
Par un plus doux espoir vient rassurer mon cœur ?
Es-ce une illusion qui charme ma douleur ?
Quelle image , soudain venant frapper ma vue ,
En rentre malgré.moi dans mon ame éperdue ?
Oui , c'est Clorinde , ô ciel ! et je n'en puis douter ;
Apprenant où le sort venait de me jeter ,
Elle-même a voulu , dans ce moment de gloire ,
Aider un malheureux des mains de la victoire ,
Qui , tout-à-coup soumis aux rigueurs de son sort ,
Venait de voir de près les portes de la mort.
Comme l'hôte des bois fend promptement les ombres ,
Elle a passé soudain en ces retraites sombres ;
Dans ce même moment , je crois déjà la voir ;
Hélas ! n'en doutons point , quel en est mon espoir !
Je l'entends , je la vois , pour mon cœur quelle vue ,
Découvrons-lui l'excès du tourment qui me tue.
Oui , je dois à ses pieds déposer à mon tour
D'un cœur reconnaissant le devoir et l'amour.
Un moment aussi doux , si l'erreur n'est point vaine ,
Ne peut se différer sans la plus rude peine.
A ses yeux , oui courons vers mon Dieu , son autel ,
Lui déclarer l'excès de mon trouble mortel !

(*Il sort.*)

VAFRIN.

Arrêtez... Ciel ! que vois-je ?... en son erreur extrême ,
Il ne voit , n'entend rien , et n'aperçoit pas même

3

L'objet qui pourrait seul adoucir sa douleur ;
Car c'est Clorinde ici qui portant sa valeur,
Semble venir calmer le feu qui le dévore ;
Et lui-même il la fuit, ne la voit point encore.
Dissipant le dépit que son amour y joint,
Hélas ! suivons ses pas, et ne les quittons point.

SCÈNE II.

CLORINDE, ARSETE.

ARSETE.

MADAME, vous voyez qui fuit à votre vue,
J'ai moi-même un peu lieu d'en rester l'ame émue.
Oui, c'est un ennemi dont l'effet du hasard
N'a point jusques à nous dirigé le regard.
Souffrez donc que par-tout je vous suive, madame,
Et qu'il me soit permis de vous ouvrir mon ame ;
Vous courez en des lieux où ces chrétiens si fiers,
Pour le sensible Arsete, hélas ! sont encor chers :
Ah ! quel que soit pour nous l'espoir qui les rassemble,
Plus que vous ne croyez, hélas ! je leur ressemble ;
Et quel qu'à leurs regards je paraisse, ou je sois,
Je sais rendre, madame, à leur culte, à leurs lois,
Et sur-tout à ce ciel, sans doute qu'ils offensent,
Des hommages secrets plus dignes qu'ils ne pensent ;
Mais qu'il en est hélas ! entre eux de bien affreux !
Je pleure de les voir aussi peu dignes d'eux.

Ah, madame, d'après un discours si sincère,
Pourrai-je vous parler comme ami, comme un père?

CLORINDE.

Vous pouvez tout, seigneur.

ARSETE.

Hélas! qui vous a fait,
Par je ne sais quel soin dont je reste inquiet,
Prendre, pour un moment, de ces mains ennemies,
Ces flêches, ces carquois, ces armes rembrunies?

CLORINDE.

La soif de me venger, le comble de l'horreur,
Ces indignes chrétiens, ma vaillance et mon cœur.

ARSETE.

Après un tel dessein écoutez bien, madame,
Que je vous ouvre mieux les replis de mon ame,
Et qu'Arsete décèle, à de pareils transports,
Ce que lui-même a pu vous cacher jusqu'alors.
Mais si par cet aveu ma bouche vous offense,
Ne vous en plaignez pas à mon trop d'innocence.

CLORINDE.

Ah! seigneur, achevez.

ARSETE.

Eh bien donc, de mon cœur

3 *

'Apprenez un secret qui pèse à ma douleur ;
Dès l'âge du berceau , remis en ma puissance,
J'ai dû prendre le soin d'élever votre enfance.
Vous cachant jusqu'alors qui vous donna le jour;
Mais libre d'un secret qui me pèse à mon tour,
Je dois vous l'avouer par un récit fidèle ;
S'il ne vous surprend point je doublerai de zèle.
O que le tems, souvent nous cache des secrets !
Et s'il les fait bien voir quand il montre ses traits ,
Par celui qu'il n'est plus possible que je nie ,
Sachez que d'un chrétien vous reçûtes la vie ;
Ce trait ne surprend point votre rare fierté ,
Sur le reste , de vous que je sois écouté.
Senape est votre père ; oui , roi d'Ethiopie
Il aima tendrement la reine Sophronie ,
Mais jaloux d'un amour qu'il portait à l'excès ,
Il la força pour lors au sein de son palais ,
A cacher son ardeur dans une paix profonde,
Même inconnue aux siens comme au reste du monde.
Entre divers objets dans les palais des grands ,
Qui brillent à nos yeux et ravissent les sens ,
Excitent les regards , et par-tout à la vue ,
Contentent l'ame au moins de leurs attraits émue ,
Un tableau ravissant dont le charme accompli
Montrait tout ce que l'art a de plus embelli ,
Lui rendant du sujet l'image encor plus chère ,
Lui faisait prononcer les tendres noms de mère ,
Récréait chaque jour ses timides esprits ,
Et chaque jour au moins dissipait ses ennuis.
Un mortel animé par un motif de gloire,

Y sauvait, couronné des mains de la victoire,
En combattant un monstre ivre de son horreur,
Une beauté céleste en proie à sa fureur :
Admirant cet objet dont elle était ravie,
Mais toutefois restant de l'image saisie,
Dans ces tristes instans elle vous mit au jour,
Digne fruit des vertus d'un aussi digne amour.
Mais d'un époux ayant à redouter la flamme,
Et restant plus que nous dans le fond de son ame,
Surprise de vous voir, madame, entre ses bras,
Posséder de l'objet tous les divins appas,
Elle voulut soudain s'en prescrivant l'entrave,
Qu'on mit à votre place un enfant d'un esclave,
Conjurant par ses jours qu'en demeurant discret,
A son époux sur-tout on en fit un secret ;
Et pour lors vous donnant à mon zèle sincère,
Elle y joignit pour vous la plus tendre prière.
« Ô jour, s'écria-t-elle, aux pleurs livrant ses yeux,
» Je remets dans ton sein ce dépôt précieux ;
» Juste ciel ! tu connais toute mon innocence,
» Tu sais si d'un époux trompant la défiance,
» Ainsi j'ai mérité de mourir dans les fers :
» Hélas ! daigne veiller sur des jours aussi chers,
» Daigne... » Mais à ces mots tombant évanouie,
La parole lui fut avec ses sens ravie.

CLORINDE.

Que vous me surprenez ; hélas ! dans mon bonheur,
J'étais loin de penser d'avoir, par ce malheur,

A qui me mit au jour causé ce sort funeste.
Je dois de vous encore entendre tout le reste.

ARSETE.

Je songeai dès l'instant à sauver dans mes bras,
Un bien si précieux des fureurs du trépas,
Madame, et vous cachant jusques à la lumière,
Je cherchai pour vos jours une terre étrangère.
D'une mère avec vous emportant le regret,
J'approche incontinent des bords d'une forêt,
Lorsqu'aussitôt sur moi s'élance une tigresse
Dont la dent vous arrache à toute ma tendresse ;
Je veux... Mais quelle, ô ciel ! redevient ma frayeur,
Quant pour vous cette bête, oubliant sa fureur,
Change toute sa rage en tendresse de mère,
Et vous donne à succer une chair sanguinaire.
A l'instant sur nos pas arrivent des brigands ;
Je cherche à vous sauver de leurs pas ravissans,
Et d'un fleuve pressant les cavernes profondes,
Mes bienfaisantes mains vous portent sur les ondes ;
Mais moi-même bientôt fatigué du trajet,
Je suis prêt de périr, vous laissant, en effet ;
Mais quelle est encor plus ma nouvelle surprise,
Quand je vois l'onde aussi, de vous sauver éprise,
Porter jusques à moi vos efforts palpitans,
Comme un objet en mer, dirigé par les vents,
Sent pousser sur les eaux sa retraite paisible !
La nuit bientôt survient, mais un songe terrible
Présente à mes regards un guerrier tout armé,
Je demeure saisi, muet, inanimé ;

« Tremble, alors, me dit–il, si ton ame.rebelle,

» Mortel n'accomplit pas ce que je te décèle ;

» Oui, Clorinde est chrétienne, observe lui le vœu

» Qu'en naissant tout chrétien prend dans le sein de Dieu,

» Oui, cet enfant m'est cher, il est d'un rang suprême,

» Fais lui donner, mortel, la grace du baptême.

Il poursuit, me mettant même l'épée au front :

» Tremble, si de tes mains elle n'a point ce don ».

Mais hélas ! j'oubliai ce premier soin, madame,

Comme un songe il sortit des replis de mon ame ;

Et vos jours par mes soins dès–lors s'étant accrus,

Grandirent en beautés, aussi bien qu'en vertus.

CLORINDE.

Et vous avez ainsi pour ma vaine existence

Pris le chemin pour moi qui mène à l'espérance.

Vous eussiez bien mieux fait, en triste passager,

De me laisser périr sur ce bord étranger.

ARSETE.

Voilà, madame, au moins ce que j'ai dû vous dire.

Du cruel Aladin, vous défendez l'empire,

Ayant avec votre âge acquis des passions,

Votre cœur s'est épris de leurs illusions ;

Vous avez d'Aladin, apprenant les disgraces,

Porté jusqu'en ces champs vos glorieuses traces.

La fille de Senape est d'un sang né chrétien,

Elle reçut le jour avec ce doux lien,

Elle fut dans mes mains dès sa tendre jeunesse,

Elle suça le lait des flancs d'une tigresse,

Elle manqua périr même au.milieu des eaux ,
Et fut sauvée enfin de ce comble de maux ;
C'est ce qu'en ce moment je devais vous apprendre ,
Et ce que de mon cœur Clorinde vient d'entendre.
O ciel! que dira—t—elle à ces tristes récits
Qui surprend ses regrets et troublent mes esprits ?

CLORINDE.

Seigneur , à ce discours dont mon ame interdite ,
De votre bouche en tout vient d'entendre la suite ,
J'ai dû , vous écoutant , vous montrer quelqu'effroi.
Ignorant tant de soins que vous prîtes pour moi ,
Je ne pourrai jamais , quoique je puisse faire ,
M'acquitter en tous points de ces bontés de père ;
Ah ! je ne croyais pas , seigneur , vous tant devoir ,
Et ma reconnaissance en passe votre espoir :
Mais quels que soient les coups que le ciel me destine ,
Je les verrai , seigneur , (du moins je l'imagine ,)
Avec la même ardeur que l'on trouve aux combats
Les lauriers de la gloire ou les coups du trépas.
Ainsi, calmez pour moi le chagrin qui vous ronge.
Pour un songe, seigneur , ce n'est toujours qu'un songe
Dont l'esprit au sommeil occupe nos desirs ,
Et qui se montre à nous selon nos déplaisirs.
J'ai pris d'un sang chrétien , dites—vous , l'existence ,
Je le crois, j'en rends grace à ma vive innocence.
Mais quelle que je sois à vos yeux , comme aux miens,
Et quels que soient du sort les rigoureux liens ,
La nature souvent fait bien plus que le reste.
Tout ce que l'âge en nous a mis se manifeste ;

J'ai sucé dès l'enfance un lait mahométan ,
Pour moi l'Ethiopie est moins qu'un musulman.
Chaque être que le ciel a placé sur la terre ,
Voit d'un œil différent le trajet qu'il doit faire ,
Et chaque nation , Seigneur , a ses abus ,
Ses brillans , ses éclats , ses vices , ses vertus ,
Ses mélanges trompeurs de visions bizarres ,
Tantôt belles vertus , tantôt fureurs barbares ;
Et pour vous l'avouer , tous les hommes entr'eux ,
Sont dans leurs intérêts souvent bien ténébreux.
Mais sans que sur ce point je m'applique et raisonne ,
J'ai ma religion , seigneur , je la crois bonne ;
Et l'on ne m'aura point vue à tel déshonneur ,
Faire rien qui puisse être indigne de mon cœur.
Dans ce même moment je médite en mon ame ,
Un soin même au-dessus de l'ame d'une femme ;
Un dessein dont l'éclat va jeter sur mon cœur
Le plus brillant éclat qui soit dans la valeur.
J'entend. L'on vient , ô ciel ! sans doute , épions l'heure
Qu'il faut encore ici que Clorinde demeure ,
Et volons en remplir le glorieux recours.

(*Elle sort*).

A R S E T E.

Madame , demeurez , souffrez que pour vos jours...
Hélas ! après l'aveu que je viens de vous faire ,
Juste ciel ! vous fuyez et ne m'écoutez guère.
Sans penser que l'on peut croire ; que pour mes soins
Vous redoutez d'en voir mes peines les témoins ,
Lorsque je suis certain que votre ame sincère
N'a dans le fond de vous qu'un sentiment contraire.

Ralentissez du moins un soin précipité,
Il brave trop les traits de la fatalité ;
Que je meure à vos yeux exempt d'aucun reproche....
Mais qu'entends-je ? qui vient ? ô ciel ! et quel approche...

SCÈNE III.

ARSETE, FANIDE, HERMINIE.

ARSETE.

AH! Madame, est-ce vous qu'un sort ici conduit ?
Pour voir l'inquiétude où je me vois réduit ;
Compagne de Clorinde, admirant son courage,
Bien digne, en votre rang de son sort pour partage,
Quoiqu'ils règnent en vous, par vos simples destins,
Des penchans différens de ses vastes desseins.
Savez-vous le projet qu'au-dessus d'une femme,
Elle seule sans vous a conçu dans son ame,
Sans que je vous le dise ; ah ! tâchez sur son cœur....

HERMINIE.

Seigneur, qui mieux que vous peut guider sa valeur ?
Hélas ! j'ai mes chagrins et vous avez les vôtres ;
Clorinde en peut avoir, nous avons tous les nôtres.
A mes malheurs passés, assez connus je croi,
Moi-même je ne sais si je suis bien à moi,

La superbe guerrière a des vertus sans doute,
Qui lui coûte bien moins que mon sort ne me coute.
Captive de Tancrède et loin de mes parens,
Et loin de mon pays, sans nuls autres garans,
Ayant une vertu bien plus simple et moins belle,
Dans l'état où je suis que pourrais-je sur elle ;
Ah! le poids dont mes sens sont à vos yeux pressés
Est plus peinant pour moi que vous ne le pensez.

ARSETE.

Ah! puisqu'il est ainsi, pardonnez moi, madame,
D'avoir voulu me joindre aux chagrins de votre ame.
(*à part*).
Ciel, rejoignons Clorinde, allons de plus en plus,
Lui donner des secours qui soient moins superflus.

SCÈNE IV.

HERMINIE, FANIDE.

HERMINIE.

Me voilà seule enfin, et Clorinde sans peine,
S'éloignant n'a pu voir le dessein qui m'amène.
Ah! Fanide, pour moi quels que soient les chrétiens ;
Leur haine, leurs fureurs ; et le destin des miens,

Hélas ! j'ai donc sauvé des jours pour Herminie ,
Fanide , qui lui sont bien plus chers que sa vie !
Tancrède ne sait point quelle innocente main
A chassé promptement le trépas de son sein ;
Le courage, sans doute , est d'un grand cœur bien digne,
Dans ses soins généreux la valeur est insigne ;
Elle n'a point de prix qui ne soient des vertus ,
Mais l'humanité seule est encore au-dessus !
Ah ! pour combler son sort la superbe guerrière ,
A fui des pas qui peu touchent son ame altière ;
Et Tancrède , toujours épris de sa beauté ,
Aura montré , sans doute , un cœur trop agité.
Mais , ô ciel ! pourquoi donc ce trait de jalousie
Me livre-t-il moi-même à cette frénésie ?
Ah ! pardonne , Clorinde , à ce cœur abattu ,
Ta fierté n'aura pas démenti ta vertu ;
Ta grande ame est , sans cesse, indigne de faiblesse ,
Et tu n'ajoutes rien au poids de ma détresse.
O ciel! que faire encor dans mon cruel destin ?
Dans le fond de mon ame ai-je encor le dessein
Aux voûtes des échos! au silence des ombres ,
D'aller cacher mes pleurs dans des retraites sombres ,
D'aller joindre mes feux à ces sables roulans
Que l'astre du jour cuit de ses rayons brûlans;
Ou contemplant des eaux les retraites profondes ,
D'y trouver dans leur sein des peines moins fécondes.
Oui , je vois ce pasteur qui conduit ses troupeaux
Sur le faîte élevé de ces rians côteaux ;
L'innocence le guide , il est heureux sans doute ,
Le repos qu'il y trouve, hélas ! bien peu lui coute.

La guerre et ses horreurs ne peuvent le troubler.
Pour mon destin dans peu je vais donc lui parler ;
Dans le sein de ces bois , retraites si paisibles ,
Il est homme , il aura des soins pour moi sensibles.
Oui, c'en est fait je cours vers ces proches forêts,
Pour jamais y traîner le poids de mes regrets ;
Et pour soulagement à l'amour qui m'obsède,
Oublier , si je puis , jusqu'au nom de Tancrède.

Fin du troisième Acte.

ACTE IV.

SCÈNE PREMIÈRE.

HERMINIE, FANIDE, le PASTEUR.

HERMINIE.

JE l'ai donc résolu, pour calmer mes regrets,
Fanide, d'oublier ces belliqueux apprêts,
Et de fuir dans ces bois des plaisirs si fragiles,
Pour y passer des jours plus purs et plus tranquilles.
Hélas ! j'entends déjà près ces rustiques toîts,
L'oiseau qui de ses sons fait retentir les bois.
Ah ! Fanide, combien tu va m'être plus chère !
Tout ce qui m'environne, et vous même, mon père,
(Car je veux désormais vous douer de ce nom),
Vont faire plus sur moi que toute ma raison.
Mais apprendrai-je au moins de vos peines discrètes,
Qui vous a fait chercher ces paisibles retraites ;
Car de ses durs mortels habitans des forêts
Hélas ! vous n'avez point l'image ni les traits.

Le PASTEUR.

Madame, en prenant part à des jours de nuage
Qui du sort ont reçu le plus sensible outrage,

C'est trop, en m'honorant, à mon cœur rappeler,
Le coup dont le destin a voulu m'accabler :
Oui, madame, le sort, puisqu'il faut vous le dire,
A cet art simple et pur n'a jamais su m'instruire ;
Avec quelque fortune, au sein de ce rempart,
Ayant reçu du ciel un cœur dépouillé d'art,
Aimant les grands, la cour, mais détestant leurs vices,
Je voulus du destin éprouver les caprices.
Dans cet âge sur-tout où les desirs encor,
De tout à nos regards font un riche trésor,
J'approchai d'Aladin, et par sa confiance
Je sus, en peu de tems, gagner sa bienveillance ;
Le calme en tout régnait, l'allégresse en cent lieux
Témoignait le bonheur qu'on goûtait sous ses yeux ;
Lorsque sur moi soudain une rage discrette
Elève en un moment une foudre secrette ;
Par-tout, de tout côté, ses horribles éclairs
Font tomber à l'instant le plus dur des revers ;
Le plus lâche complot, le plus noir artifice
Pratiquaient sourdement cet affreux précipice.
Tout ce que l'enfer a de plus insidieux
Déchaînait contre moi ces trait malicieux ;
La fourbe, la noirceur, l'impunité, le crime,
Ent'rouvent sous mes pas cet effroyable abîme.

HERMINIE.

Hélas ! à ce détail peu nouveau pour mon cœur
Je reconnais bien là l'exécrable noirceur
De ces monstres affreux de qui l'horreur impie,
S'anime pour combler leur atroce furie.

LE PASTEUR.

Il faut fuir toutefois, je ne le puis, ô ciel !
Sans craindre du destin le coup le plus cruel ;
Hélas ! je m'y résous ! mais soudain quelle rage
Jusqu'en d'autres moyens exerce son usage !
Cent fois prêt à périr par tant d'indignités,
Je conjure des cieux les divines bontés ;
En proie à la malice, à l'horreur, à l'envie,
Un coup du sort est prêt à m'arracher la vie ;
Mais par ce même coup qui me laisse le jour,
Des portes de la mort je reviens à mon tour,
Et dès-lors des humains détestant les caprices,
Je m'arrache à l'horreur de leurs sombres malices,
Et j'accours en ces lieux pour trouver le repos
Qu'ils ne goûtent jamais dans leurs lâches complots ;
Et je jouis depuis, dans ce séjour champêtre,
Des dons que la nature à mes yeux fait renaître :
Que je suis loin, madame, hélas ! d'être animé
De tout ce qui m'avait avant si fort charmé !
Le murmure des eaux, l'épaisseur des feuillages
Qui par-tout à mes yeux étalent leurs ombrages,
Ont cent fois plus d'attraits, filent de plus beaux jours
Que l'apprêt somptueux des plus superbes cours.
Ces simples ornemens, ces instrumens champêtres,
Hélas ! n'y font point voir ce que c'est que des maîtres.
Le cœur par la nature à lui-même est rendu,
Et montre à l'homme au moins tout ce qu'il a perdu.
Au lever de l'aurore, au jour fuyant dans l'onde,
Si par-tout la nature, abondante et féconde,

Offrant de ses trésors les germes nourrissans ;
Y mêle quelquefois des produits malfaisans
Dans le suc dangereux de plantes meurtrières ,
Abondante et précoce en germes salutaires ,
Elle n'a point , hélas! ces dehors apparens
Bien souvent rencontrés dans les palais des grands ;
Et la foudre tombant sur des voûtes profanes ,
En brillant à nos yeux épargne ces cabanes.

H E R M I N I E.

Que vous êtes heureux , d'avoir pu sur vos jours
Employer les efforts d'un si puissant recours !
Oui , les humains entr'eux se déclarant la guerre ,
N'en veulent bien souvent qu'aux trésors de la terre ;
Hélas ! l'avidité d'une rage en fureur
N'attire point sur vous le comble de l'horreur ;
Elle dédaigne alors une simple rudesse ,
Que , dans un rang plus haut , eût cherché la bassesse.
Que l'innocence pèse aux coupables humains !
Dans ce séjour de paix tout vos jours sont sereins.
Les ornemens des bois , agitant leurs feuillages,
Offrent à vos regards de riantes images ;
La nature vous plaît en sa simplicité ;
Elle vous charme au moins avec sa pureté.
L'astre brûlant du jour , sur des voûtes moins vaines ,
Ne vous calcine point un brâsier dans les veines.
Vous portez à longs traits le calme en votre sein ,
Sans craindre , juste ciel! qu'une perfide main
N'empoisonne la coupe où le cruel breuvage
Vous apporte la mort sous une belle image.

4

— Dieux! quels sont nos plaisirs? esclaves des destins,
C'est nous qui nous privons du bonheur des humains ;
La pauvreté, ce don poureux si redoutable,
Est sans doute pour vous plus grand, plus estimable,
Que ces palais dorés où le cri de l'erreur,
Nous dévore le flanc et nous ronge le cœur,
Sans pouvoir à ses maux porter d'autre allégeance?
Pourquoi l'homme a-t-il donc perdu son innocence?
Hélas! il était grand dans sa simplicité :
La noirceur l'a rongé de sa malignité.
Mais moi-même c'est trop, en ce moment de songe
Etaler à vos yeux le regret qui me ronge.
Ciel! qu'entens-je? l'on vient! quelle image à son tour
Semble venir sitôt pour souiller ce séjour!
Dans le trouble mortel, dont mon ame est émue,
Je ne saurais encor souffrir aucune vue ;
On approche. Rentrons au fond de ces forêts...
Et fuyant de ces lieux, quittons-les pour jamais.
Mais que vois-je, Fanide? et quels pas formidables
Autant que pour Tancrède ils paraissent aimables,
En joignant la fureur aux charmes de l'amour
Empêchent que nos pas sortent de ce séjour.
A ce port, ce maintien, à cette audace altière,
A ce courage encor cette marche guerrière,
Cette mâle fierté, ces soldats d'Aladin,
En évolutions les pas du Sarrazin,
Les Indiens avec eux, en cet instant pénible,
Les apprêts de la guerre et d'un combat terrible,
Je reconnais Clorinde.

SCÈNE II.

HERMINIE, CLORINDE, ARSÈTE.

HERMINIE.

O digne appui d'un cœur
Qui joint la grandeur d'ame encore à la valeur,
Belle et fière Clorinde, en tout telle à vous-même,
Pour une amie, hélas ! qui tendrement vous aime,
Venez-vous joindre encor par générosité
A tout votre courage un surcroît de bonté ?
Dans sa juste fureur, sans être criminelle,
Pure comme le jour votre ame est imortelle.
Que vous êtes heureuse, et combien le destin
A fait avec plaisir l'ouvrage de sa main.
Vous m'avez secourue en ma triste fortune,
Combien dois-je à cette ame en vous si peu commune ?

CLORINDE.

Egale de moi-même, adoucissant un sort
Ou vous auriez sans moi pu rencontrer la mort ;
J'ai fait ce que j'ai dû, ma fierté trop altière
N'en a que trop de vous reconnaissance entière.
Oubliez désormais ce que m'a dit mon cœur,
Mon pays, mon devoir, ma vaillance et l'honneur.
Sans parens, sans appui, sans secours que vous-même,
Vous sentiez tout le poids de cette peine extrême ;
Allez, belle Herminie, et soyez pour vos jours
Sure en moi de trouver un fidèle secours.

4 *

HERMINIE.

Ah ! je n'en puis douter, trop généreuse amie.
    (*A part*).
Mais quelque soin l'occupe ; ô sensible Herminie !
Fanide... et vous seigneur, profitons de l'instant ,
Et laissons la songer quelque soin important.

                        (*Ils sortent*).

SCÈNE III.

CLORINDE, ARSETE.

ARSÈTE.

AINSI vous le voyez une ame pure et belle
Compagne de vos jours , comme vous digne d'elle ,
Pour me laisser , madame , expliquer avec vous ,
Fuit des pas qui n'ont point pour elle de courroux.
Quoi, je ne puis encore avec une prière ,
Fléchir pour un moment une ame en vous si fière ?
Et vous ne voulez pas même un moment m'ouir ?
De ce dernier bonheur je ne saurais jouir !
Ah ! madame, sachez ce que la nuit dernière
S'est venu présenter à ma faible paupière :
J'étais anéanti dans un même sommeil,
Et j'étais loin pour lors de penser au réveil ,
Quand le même guerrier qui jadis à ma vue
S'était à moi montré, de courroux l'ame émue,

A mes yeux absorbés , pour la seconde fois ,
S'est encor fait revoir en élevant la voix ,
En me représentant une épée au visage ;
« Téméraire , a-t-il dit , reconnais-tu ce gage?
» Remets-tu qui jadis apparut à tes sens ,
» Pour des jours à tes soins confiés dès long-tems ?
» Perfide , as-tu rempli la loi que je t'ai faite ,
» Ou bien l'as- tu tenue accomplie ou discrette ?
» Tremble , si tu ne fais ce que t'a dit ma voix ;
» Adieu : je te le dis pour la dernière fois ».
Et soudain , à mes yeux , l'image disparue ,
Au réveil , m'a laissé l'ame plus éperdue.
Et vous voulez, madame...

CLORINDE.

Ah ! je sais , brave ami ,
Que vous n'avez jamais pu me l'être à demi ;
Pour moi , je sais combien un zèle si sincère
M'en a toujours donné la marque la plus chère ;
Mais , malgré ce qu'encor vous m'avez répété ,
De ce que j'ai conclu le destin est jeté ;
Que je meure ou je vive au sein de la victoire ,
Je n'entreprendrai rien qui déprise ma gloire.
Voyez-vous ces travaux construits par les chrétiens ,
La terreur de ces murs et l'effroi des Indiens ?
Voyez en même tems cette torche enflammée ,
Elle vient à l'instant par moi d'être allumée ;
Ces machines de guerre ont effrayé mon cœur ,
Et je vais me venger d'une aussi lâche peur :
Je m'arme de la flamme , et bientôt ces machines ,
A vos yeux comme aux miens , vont tomber en ruines.

CLORINDE,

ARSÈTE.

Que faites-vous , madame ?

CLORINDE.

En comblant ma valeur;
Je porte l'incendie à ces traits de l'horreur.
Ah ! regardez déjà quelle horrible fumée ,
Va bientôt des chrétiens empoisonner l'armée !
Ces poudres en éclat , cet effroyable bruit ,
Ce bitume enflammé , cette sanglante nuit,
Ce souffre dévorant qui fond et qui calcine
L'airain qui tient encor cette horrible machine ,
Ces tourbillons brûlans déjà de toutes parts
S'élèvent à la nue en touchant ces remparts.
Ah! sans doute, j'ai su d'une liqueur ardente ,
Imbiber à long trait cette torche brûlante.
C'en est fait , laissez-moi par-tout envisager....

ARSÈTE.

Je ne puis , loin de vous...

CLORINDE.

Hélas ! c'est m'outrager ;
Je le veux , brave ami.

ARSÈTE.

Dans ce péril extrême...

CLORINDE.

Hélas ! n'oubliez pas que Clorinde vous aime ;

Ne forcez pas mon cœur.....

ARSÈTE.

Vous le voulez, ô ciel !
Je vous laisse. (*à part*) Grand Dieu ! préserve tout cruel,
En ne connaissant point une telle ennemie ,
D'attenter au destin d'une aussi belle vie !

(*Il sort*).

CLORINDE.

La flamme est disparue et tout est consumé ;
D'aucun regret mon cœur ne peut être alarmé :
J'ai su porter des coups dignes de mon courage ;
Allons porter plus loin la mort et le ravage.
Dans le camp des chrétiens.. Mais , soudain quelle nuit !
On porte ici ses pas , juste ciel ! qui m'y suit ?
Serait-ce des Chrétiens un nombre qui s'avance ?
Arsete avait raison de le voir par prudence.
Mais j'entrevois l'objet ; ce n'est qu'un être enfin...
N'importe quel qu'il soit , et quel soit mon destin ,

(*En mettant l'épée à la main*).

Sans le craindre armons-nous de cette arme terrible.

SCÈNE IV.

TANCREDE, CLORINDE.

TANCRÈDE.

CIEL ! où marché-je en vain dans cette nuit horrible ?
J'entends , je crois , du bruit ; quelqu'un est en ce lieu.
Hélas ! j'y venais seul !... Dois-je au nom de mon Dieu...

Le même bruit encore à moi se fait entendre,
Je crois apercevoir qui prêt à se défendre...
Quelle rage ennemie ose ici se cacher ?
Quel es-tu, téméraire, et que viens-tu chercher ?

CLORINDE.

En m'adressant ces mots, qui me tient ce langage ?
Serait-ce un ennemi qui vient à mon passage ?

(*A Tancrède*).
Toi-même, quel es-tu pour me parler ainsi.

TANCRÈDE.

Un chrétien qui peut seul te défier ici.

CLORINDE.

Et moi l'objet qui peut combattre ton courage,
En tenant dans ses mains déjà le plus sûr gage.
Qui des siens séparé de la cour d'Aladin,
Pourra punir en toi sans doute un inhumain.
Un sarrazin, te dis-je, à tes yeux qui se montre
Dans ces lieux où le sort a fait qu'il te rencontre.

TANCRÈDE.

Puisqu'ainsi tu réponds, malgré l'obscurité
Où toi-même tu viens d'engager ta fierté,

(*En tirant son épée*).
Sarrazin, comme toi, dans cet instant je m'arme,
Et j'accepte un défi qui, comme toi, me charme.
Vengeons tout à-la-fois nos communs intérêts,
Toi tes dieux, ton pays, l'asile des forfaits,

Moi ma religion, mon culte qui m'anime ;
Le protecteur du faible et le vengeur du crime.
Ah ! de quel côté... parle ?...

CLORINDE.

Ah ! je vole vers toi.

TANCRÈDE.

Je saurai t'empêcher ; je t'approche... te voi :
Ah ! défends-toi, cruel.

CLORINDE.

Ah ! défends-toi toi-même.
Ainsi que ma fureur mon courage est extrême.

TANCRÈDE.

Je l'ai vu, mais n'importe... ô ciel, tu m'as blessé !

CLORINDE.

Cruel, d'un coup mortel tu dûs rester percé.

TANCRÈDE.

Ah ! ce n'est pas sitôt.... ennemi redoutable,
J'arrête, je saisis ta fureur implacable.
Ce n'est pas le là nœud dont un objet aimé
Serre bien tendrement celui qui la charmé,
C'est le lien cruel... Je te tiens plus barbare,
Rends ton épée...

Ainsi ma force se répare

Rends la tienne, toi-même.

T A N C R È D E, *à part.*

O ciel ! quel ennemi !

C L O R I N D E.

Tu viens de me blesser, mais mon cœur à demi,
Ne se rend pas, cruel, sans qu'au moins la victoire
Ne m'arrache la vie ou n'orne ma mémoire :
Mon sang coule par-tout, le tien ruisselle au moins,
Mais je veux de ma main de plus dignes témoins ;
Je veux te faire voir que je puis me défendre,
Et tu me vois encor tout prêt à te l'apprendre.

T A N C R È D E.

Tu le fais voir assez, et mon cœur sur ce point,
Te donne un juste encens que sans honte il y joint.
Ainsi quoiqu'ennemi ma fureur t'en honore.

C L O R I N D E.

A mieux te le prouver tu me vois prêt encore.

T A N C R È D E.

Trop vaillant ennemi, je suis loin d'en douter,
Loin de le croire encor; mais sans trop nous vanter,
Notre combat privé du jour et sa lumière
Mériterait du moins que son flambeau l'éclaire ;

Souffre qu'en le sortant de cette sombre nuit
Ou d'un oubli profond le destin l'a réduit,
Il ne nous ôte point l'agréable avantage,
Qu'un moment notre cœur s'admire et s'envisage;
Souffre qu'en l'exposant aux yeux de l'univers,
Nos efforts glorieux soient mieux à découverts.
Si la prière au moins a dans toi quelques charmes,
Et peut avoir ce droit, dans la fureur des armes...
Soit que tu sois vaincu, soit que je sois vainqueur,
Que ce coup soit du sort plus que de la valeur.
Pour que je sache au moins, d'après cette victoire,
Ce qui doit illustrer ma défaite où ma gloire,
Des lois de la terreur ici te dépouillant,
Apprends-moi donc au moins, dans un tel assaillant,
Quel est le vaillant homme et le brave adversaire
Que mes coups jusqu'alors en lui n'ont pu défaire?.
Quel est enfin son nom?..

CLORINDE.

Tu ne le sauras point;
De le dire mon cœur ne prit jamais ce soin:
De mes jours tu n'es pas encor, sans doute, maître;
Quel qu'à tes yeux je sois, ou quel que je puisse être;
Que je reste vainqueur, que je triomphe ou non,
Rien ne t'engage enfin à découvrir mon nom;
Mais sache toutefois, pour bien mieux te l'apprendre,
Que c'est un des guerriers qui vient de mettre en cendre
Cette machine en tout digne de tes chrétiens,
Et qui porta souvent ce fer au cœur des tiens.

TANCRÈDE.

Sarrasin téméraire et brutal tout ensemble,
Qui bravant des fureurs à quoi ton cœur ressemble,
Sur ce que je te dis si généreusement,
M'insulte, me répond aussi cruellement;
Et sans aucun égard, me retrace, au contraire,
Ce que tu devais voir qui pouvait me déplaire;
Ta réplique dans peu va te coûter la mort.

CLORINDE.

Elle va bien plutôt décider de ton sort.

TANCRÈDE.

Elle sera pour toi, puisque dans ta furie
Tu l'a cherches encor d'une main ennemie.

CLORINDE.

Je te la donnerai, puisq'uavec cruaûté
Tu me parles encor de générosité.
Tu recules, tu crains...

TANCREDE.

       C'est toi plutôt, barbare,
Qui trembles, qui frémis du trouble qui t'égare.

CLORINDE.

C'est toi-même, cruel, qui ne peux prévenir
Ce coup dont à l'instant je devais te punir.

TANCREDE, *à part.*

O Dieux, quel ennemi... Sans cesse plus terrible...
Je suis encor blessé, serait-il invincible ?

CLORINDE.

Tu poursuis , téméraire...

TANCREDE.

Oui , sans doute la mort...

CLORINDE.

Oui , la mort pour toi-même... elle sera ton sort.

TANCREDE, *à part.*

A ce courage altier se joint une voix tendre.
Dieu! mon Dieu, soutiens-moi, j'ai peine à me défendre;
Mais mon cœur me reviens. (*à Clorinde*). Barbare , où
     donc es-tu?

CLORINDE.

Mon bras va te l'apprendre ainsi que ma vertu.

TANCREDE.

Sa vertu , me dit-il... Moi-même je l'admire
Tout en lui résistant.

CLORINDE.

     Que prétends-tu donc dire?
Horreur de mon pays , tu discours maintenant
Au lieu de m'attaquer...

TANCREDE.

     Sarrazin insolent ;

C'en est trop, finissons ce défi mémorable :
Tu vas voir qui des deux est le plus redoutable.

CLORINDE.

Cruel, je te rejoins; tiens voilà ton destin.
Je te pare, reçois ce coup sûr et certain.

TANCREDE.

Je t'évite, enfin, meurs.

CLORINDE.

Ah ! meurs !

TANCREDE.

Oui, meurs toi-même.
Tu tombes, je triomphe et ma gloire est extrême.
Je rends graces à Dieu d'avoir pu vaincre en toi
Un ennemi qui sut tant combattre avec moi ;
Que plutôt par hasard encor que par adresse,
Disputant de fureur, de force et de rudesse
Dans cette sombre nuit favorable à l'horreur,
Je viens de terrasser dans ma juste fureur.
C'en est fait... mais d'où vient, ô ciel ! que je frissonne ?
D'où vient qu'autour de moi tout tourne, m'environne ?
Le jour revient, je vois une humide chaleur.
D'un visage mourant humecter la pâleur.
O ciel, en éprouvé-je un regret qui m'accable ?
Mon cœur est innocent, si ma main est coupable.

Lorsque le cœur est pur, s'égarant à demi,
On admire toujours un vaillant ennemi.
Le courroux est terrible ; un traître est un coupable.
Il n'appartient qu'au lâche à braver son semblable.
Ah ! rongé, je ne sais, de quels cruels remords,
O superbe ennemi ! je gémis que ton corps...
Hélas ! je t'ai frappé d'un coup trop effroyable.
Moi-même je me sens cruel, impitoyable.
Ah ! pour te relever tu fais un vain effort.
Ton ombre est prête à fuir, je l'ai blessée à mort.
Hélas, t'ayant vaincu, je déteste une gloire
Où mon cœur va peut-être abhorrer sa victoire.
Je sens auprès de toi mon cœur s'anéantir.
J'entends plus d'un chrétien qui peut nous secourir,
Mais je tombe, accablé du sort dont tu murmures,
Près de toi, tout couvert du sang de mes blessures.

SCÈNE V.

TANCRÈDE, CLORINDE, GODEFROY, soldats chrétiens.

GODEFROY.

Ou vais-je, amis ? ô ciel ! quel trouble pénétrant..
Ciel ! que vois-je ? Tancrède, et Tancrède mourant !
Il aura terrassé cet indien redoutable,
Et chacun d'eux atteint d'une attaque imparable,
Pour se vaincre faisant de terribles efforts...
Amis, braves chrétiens, qu'on enlève leurs corps,

Et qu'en donnant des soins à leur ame ennemie ;
On tâche , s'il se peut , de les rendre à la vie.
Mais , juste ciel! d'où vient que de ce que je voi ,
Je demeure moi-même interdit , malgré moi ?
Quel trouble me saisit , me glace , m'intimide ,
Et dérobe à mon cœur le seul bien qui le guide ?
Dieu , qui du haut des cieux voit les faibles humains
Arroser de leur sang leurs criminelles mains ,
Ah! suspend désormais ces sanglans sacrifices!
Ils ont été pour moi péniblement propices.
Dieu juste , mais vengeur , dont les divines lois ,
Règnent sur tous les tiens , ainsi que sur les rois ,
Daigne , hélas! un moment prolonger dans moi-même
Le plus faible bienfait de ta bonté suprême !
Qu'elle console , encor le cœur d'un vrai chrétien ,
Elle est son appui seul et son digne soutien.
Du séjour où l'on dit les ames bienheureuses
De la vie oublier les peines douloureuses ;
Y trouver , près de toi , dans cette immensité ,
Le bonheur d'être encore et de l'éternité ,
Et , dans un jour serein tes troupes innombrables
Montrer les légions de leurs pas secourables ,
Humbles à tes côtés , près d'un trône éclatant ,
N'en pouvoir qu'admirer l'éclat resplendissant !
Dieu , fais dans ce moment que ta bonté céleste
Ranime Godefroy de l'espoir qui lui reste !
Rends à ses sens glacés leur première vigueur ;
Et ne prolonge pas le trouble de son cœur !
Déjà l'instant fatal va-t-il faire connaître ,
Que quelqu'un des chrétiens encor va cesser d'être.

Hélas! ne livre point aux fureurs de la mort,
Quelqu'illustre ennemi dont tu réglas le sort!

SCÈNE VI.

GODEFROY, VAFRIN.

VAFRIN.

Ah! seigneur, pour Tancrède et pour vous et nous-
 même,
Quel douloureux instant, et quelle peine extrême!
Clorinde, ô ciel! était en ce moment sanglant,
De Tancrède, en ce lieu, le terrible assaillant!
Ciel! seigneur, de ses mains faut-il donc qu'elle meure!
Hélas! Clorinde, hélas! touche à sa dernière heure.

GODEFROY.

Clorinde! qu'ai-je ouï? Ciel! de tes coups vengeurs
J'avais donc lieu de craindre encor quelques rigueurs..
O Clorinde! une main qui devait t'être chère,
T'a pu faire sentir l'arme la plus amère!
Pour Tancrède, grand Dieu! quel inoui tourment!
Tu dois le concevoir à ton dernier moment
Guerrière infortunée, à ta fin déplorable
Faut-il que ton amant te paraisse coupable?
Quel malheur pour un sort en toi si glorieux.
De Tancrède pour toi quels seront les adieux?

5

Quel moyen employerpour l'arracher lui-même
Aux sanglots déchirans de sa douleur extrême.
Ah , s'il ne se peut plus que tout secours humain
Calmant en toi l'effet d'un si cruel destin ,
Te rappèle à la vie en cet instant funeste ,
Et rende à ton amant le seul bien qui lui reste.
Allons plaindre dans toi des jours si malheureux ;
Et qu'au moins palliant ton destin rigoureux
Si tu meurs , qu'une tombe élevée à ta cendre
Montre tout ce qu'ici Tancrède va te rendre.

Fin du quatrième Acte.

ACTE V.

Le théâtre représente un tombeau , où l'on voit les armes
de Clorinde attachés à un pin , près du tombeau.

SCÈNE PREMIERE.

HERMINIE, VAFRIN.

VAFRIN.

Oui, c'en est fait , madame , et Clorinde n'est plus.
Mes soins, comme vos pleurs, hélas ! sont superflus.
Vous voyez ce tombeau dans le fond des ténèbres ;
Ce gage en fait trop voir les marques bien funèbres ;
Et c'est dans ce lieu même ou Tancrède a porté
Le coup dont il ne peut souffrir l'attrocité.
Ils s'accablaient ici d'efforts les plus terribles ,
Et la nuit les cachait dans ses voiles horribles.
Godefroy , dans l'instant, approche de ces lieux ,
Il voit deux ennemis qu'à la clarté des cieux ,
Leur vaillance a privé du plus mâle courage ;
De tous soins sur leurs jours il ordonne l'usage.
On les porte , et Tancrède , à nos regards contrits,
En reprenant le cours de ses faibles esprits ,
Soudain s'écrie : « ô ciel ! d'où vient que je respire ?
» Quelle lumière pèse au trait qui me déchire ?
» Et pourquoi donc encore un noir pressentiment
» Soulève dans mon cœur un long gémissement ?

5 *

» Quoi, poursuit-il, sans voir auprès de lui l'image

» Qu'en ce moment a pu détruire son courage,

» Braves amis, chrétiens, ce vaillant ennemi

» Qui n'a pu contre moi le paraître à demi,

» Comme moi déchiré d'une large blessure,

» Va des monstres des bois devenir la pâture;

» Et vous avez laissé... Ciel! malgré mon destin,

» Oui, courons arracher ce brave Sarrasin...

Clorinde est elle-même à l'instant revenue.

» Arrête, lui dit-elle, ami, tu m'as vaincue,

» Quel que soit par tes mains mon plus funeste sort,

» Ce cœur, ton ennemi, te pardonne ma mort;

» Tu ne vois pas encor qui va cesser de vivre,

» Modère ce transport où ton ame se livre...

» Je t'ai montré, sans doute, un terrible courroux.

» Mais, hélas! de ta mort mon cœur n'est plus jaloux.

» A la fureur dans toi si la pitié fait place,

» Daigne, adoucir, ami, ce moment qui me glace.

» Ce n'est point pour mon corps que j'implore tes jours,

» Il n'a plus désormais besoin de ton secours;

» Et pour pouvoir le rendre à des jours plus tranquilles,

» Tous secours de tes mains lui seraient inutiles.

» Dieu, dans ce même instant, aux yeux de mon vainqueur,

» D'un céleste rayon vient éclairer mon cœur.

» Je fus chrétienne, ami, mais à ton dieu rébelle,

» Pendant ma vie, hélas! je lui fus infidelle.

» Tu vois la triste fin de mon glorieux sort,

» Bientôt l'apprenant mieux songe moins à ma mort;

» Et me purifiant par les eaux du baptême,

» Accorde ce bienfait de l'inimitié même;

» Pour qu'au séjour divin je jouisse à jamais

» Du bonheur achevé d'une tranquille paix.

» Accorde à mon destin ces marques les plus chères ;

» Je t'adresse en mourant ces paroles dernières ;

» Prends pour mon triste sort ce reste de pitié ,

» Et reçois cette main des mains de l'amitié.

Le sort lui ravissant une lèvre mourante ,

Elle achève ces mots d'une voix si touchante ,

Que cent fois plus saisi de ce moment d'horreur ,

Tancrède sent s'éteindre un reste de fureur.

On le soutient, il court... Rien, à son ame émue...

Il approche , mais ciel ! ciel ! pour lui quelle vue !

On lui découvre mieux l'objet de sa douleur ,

D'un teint pâle et mourant regardant la fraîcheur ,

Détachant les liens d'un casque , sa parure ,

Et d'une plaie ouverte observant la blessure ,

Il reconnait.... il voit... juste ciel ! et soudain ,

Sans pouvoir reprocher seulement à sa main

Le trait qui put trancher une si belle vie ,

Frappé comme d'un coup d'une foudre ennemie ,

Saisi , glacé , privé du moindre mouvement ,

Il tombe à nos regards sans voix , sans sentiment ,

Ne pouvant d'aucun sens faire le moindre usage ,

Pour maudire à jamais son barbare courage.

Le jour plus que jamais lui reparaît affreux ,

Et c'en est d'un remords le pouvoir rigoureux.

La mort , ô ciel ! la mort , pour tout œil odieuse ,

Lui semble offrir d'un cœur l'image gracieuse.

Il le voit, il gémit , il arrache à l'instant ,

De nos soins pour ses jours jusqu'au moindre garant.

Son sang coule jusqu'où repose sa détresse.
Mais, helas ! c'est en vain qu'il retombe en faiblesse.
Des sanglots, des soupirs, et des gémissemens
Se font sans cesse entendre à nos empressemens.
Dans ce moment, Clorinde, à son heure dernière,
A rendu pour jamais son ame à la lumière.
Les roses et les lys, siége de la candeur,
Déjà de ses beaux yeux ont glacé la paleur ;
On dirait que son ame, en des plaisirs agrestes,
Est allée habiter les régions célestes ;
Son front pur et paisible en ses regards mourans,
Montre encor à nos yeux l'air serein du printems ;
Mais, hélas ! enfermé sous ce triste vestige,
Madame, va dit-on, nous montrer un prodige.

HERMINIE.

Clorinde ! se peut-il ? ô toi, dont la valeur
Dans le camp des chrétiens répandit la terreur,
Tu meurs, et tu n'es plus, toi qui me fus si chère !
Belle et fière Clorinde ! hélas ! toi qui naguère...
Quels sont donc du destin les terribles effets !
Ah ! Clorinde, ce cœur te regrette à jamais.
Hélas ! entends et vois la plus fidèle amie,
Pour celle que son ame avait si fort chérie,
Joindre à ton triste sort son supplice nouveau.
Pour jamais enfermée au sein de ce tombeau,
Clorinde, ne crois pas que la tendre Herminie
Sente à ta mort un calme à sa peine infinie.
Si, livrée aux chagrins qui déchirent mon cœur,
J'ai ressenti des coups dignes de ta valeur ;

Ah! sois loin de penser qu'aimant sans espérance,
Ta mort à mes ennuis mette quelqu'allégeance!
Ah! dans un triste cœur de remords combattu,
Qui se dompte une fois se fait une vertu.

SCÈNE II.

HERMINIE, VAFRIN, FANIDE.

FANIDE à *Herminie*..

Ah! madame, en ce jour pour nous aussi terrible,
Que la peine en est grande au cœur le plus sensible,
De Tancrède accablé, de force dépourvu,
Dont lui-même s'abhorre à ce qu'il a perdu,
Pour ressource à ce trait aussi qui nous afflige,
Puis-je vous dire, hélas! ce que son cœur exige?
Le camp est demeuré soumis à ce qu'il veut;
Entre Clorinde et lui voyant rompre tout nœud.
Et l'on va dans l'instant, pour un soin qui l'obsède,
Porter ici les pas du malheureux Tancrède.

HERMINIE.

Ah! Fanide, il le faut, et lui-même il le doit;
Oui, sans doute, Clorinde, il a sur toi ce droit.

FANIDE.

Dois-je vous dire encor le remord qui l'agite?
Dans de cruels sanglots l'effroi le précipite,
Mais en lui faisant craindre un sort plus rigoureux,
Ciel! que vois-je...

HERMINIE.

Ah! pour moi quels momens douloureux,
Que Clorinde enfermée au sein de cette tombe,
Et Tancrède.. grands Dieux..! soutiens-moi je succombe.
Ainsi que son amant je pleure son trépas.
Hélas! si je l'étais je n'y survivrais pas.
Ah! divine Clorinde, à ta mort inouie
Je me sens défaillir, et reste anéantie.

FANIDE.

Ciel! soudain elle perd l'usage de ses sens;
Ah! tâchons de l'aider dans ces cruels instans
A recouvrer au moins la force qui lui reste;
Et rendons à son cœur un espoir moins funeste.

(*Herminie, sur un lit de verdure, accompagnée de Fanide*).

SCÈNE III.

GODEFROY, HERMINIE, FANIDE,
VAFRIN, TANCRÈDE sur un lit de camp.

TANCRÈDE.

Ou porte-t-on mes pas? ô ciel! et quelle horreur,
Et quel lugubre aspect viennent glacer mon cœur?
A ce pin révéré, ciel! quelles marques nues,
De Clorinde font voir les armes suspendues:
Et quel apprêt cruel, sous ce triste appareil,
La couvre pour jamais d'un éternel sommeil?

En garant de mes pleurs et de la foi publique,
Est-ce un beau monument de bravoure héroïque ?

GODEFROY.

Ah ! prince, dans l'état où je vous vois réduit,
Donnez une arme au moins plus forte à votre esprit ;
De Dieu n'oubliez point la sagesse suprême,
Et rentrez un moment dans le fond de vous-même.
Dieu ne veut point d'un cœur rebelle à ses bontés.
N'attirez point sur vous les coups qu'il a portés.
Hélas ! vous même, encor, prêt à perdre la vie,
Pouvez-vous vous livrer à cette indigne envie ?
Pouvez-vous oublier, que lui-même, à l'instant,
Pourrait vous accabler du plus cruel tourment ?
Peut-être a-t-il permis que votre douleur même
Se baignàt dans le sang de votre peine extrême,
Pour punir une image à son divin amour ;
Rébelle dès l'instant qu'elle reçut le jour.
Clorinde fut, sans doute, une beauté divine.
Je pleure, comme vous, sa sublime origine.
Mais peut-être à l'instant que gémit votre amour,
Qu'elle est montée en paix au bienheureux séjour ;
Peut-être que par vous, aux célestes retraites,
Elle joüit déjà de leurs douceurs parfaites ;
Non semblable, en son sort, à ces traits fabuleux
Dont tout humain se forge une image à ses yeux,
Aux appas ravissans de ces beautés agrestes
Qui charment de leurs pas les régions célestes ;
A ces belles houris dont l'œil divin et pur,
Mêle sur l'incarnat le saphir et l'asur.

Et dont les moindres pleurs au feu qui les allume
Feraient perdre à la mer toute son amertume,
Si, selon les décrets d'un prophète flatteur,
La surface de l'onde éprouvait leur douceur,
N'en doutez pas, Clorinde, aux voûtes azurées,
Embellit de ses pas les campagnes dorées.
Calmez votre douleur, rompez-en le lien.
Je vous laisse, songez que vous êtes chrétien. (*Il sort*).

TANCRÈDE.

Mon cœur anéanti dans ce moment encore
N'a plus pour subsister qu'un souffle qu'il abhorre.

HERMINIE.

Suis-je à moi revenue ? et dans un gouffre errant
Est-ce Tancrède, ô Dieux !... quel pénible garant.
Mes genoux affaiblis... quel fardeau pour mon ame,
Que son destin... Clorinde... et l'excès de ma flamme....
J'ai peine à revenir... la lumière des cieux
Semble obséder, troubler, même éblouir mes yeux.
Je vois encor Tancrède accablé de lui-même,
Pour celle qu'il adore et pour celle que j'aime...
    (*Allant à lui*).
Ah ! prince bien à plaindre, en cet état affreux,
Pour vous, qu'un tel malheur est pour moi douloureux.
Ah ! sans que ma vertu puisse en être ternie,
En moi reconnaissez une fidelle amie.
Et dans son désespoir et sa confusion,
Joignez-y Godefroy pour consolation.
Si vous êtes chrétien, que ce jour, sa lumière
Arrache votre sort à son heure dernière.

T A N C R È D E.

A ces soins généreux ,
A ce cœur né si pur qu'il devrait être heureux !
Dans l'état où je suis , vertueuse Herminie ,
Puis-je encore survivre à tant de barbarie.
Ah ! dans le fond du mien , ce rigoureux effort
N'existera jamais sans un sanglant remord.
Non , dans le trait affreux qui souille encor ma gloire ,
Je ne puis de Clorinde oublier la mémoire ;
Et sans cesse à mes yeux cet objet trop mortel ,
Vient rendre à chaque instant mon cœur plus criminel.
Dans ce moment encor de douleur et d'alarmes ,
C'est en vain que l'on veut mettre un frein à mes larmes ;
Non , j'ai tué Clorinde , et mon cœur déchiré
Se voit au fond de lui comme un monstre abhorré.
J'ai pu porter le fer sur une image pure ,
Façonnée à son gré des mains de la nature !
A moi-même en horreur , à moi-même odieux ,
Rien n'en pourra m'ôter le souvenir affreux.
En proie en ma douleur et rongé de détresse ,
En vain je me fuirai ; je me verrai sans cesse
Dans des détours obscurs , dans des antres secrets,
Dans des déserts affreux, dans le fond des forêts ,
En vain j'éviterai l'astre aux bords des rivages ;
L'astre au haut de son cours , les lieux les plus sauvages ,
Les échos attentifs et l'ombre des forêts ,
Sans cesse m'entendront gémir de mes regrets ;
Comme un être des bois fait monter à l'aurore
Pour les fruits d'un amour qu'il vient de faire éclorre ,
Les sons tristes , plaintifs d'une peine en douleur ,

Que n'ont point épargnés les mains d'un ravisseur.
Hélas ! oui , bel objet , qui ne peut plus m'entendre ,
Dans les remords affreux que j'adresse à ta cendre ,
Vois le trouble inoui qui dévore mon cœur.
Prends part à mes regrets , prends part à ma douleur.
O ciel ! en reposant sous ces feuillages sombres ,
Ton corps est-il couvert de leurs épaisses ombres ?
O Clorinde ! dis-moi , pour soulager le mien ,
La mort est-elle unie à semblable lien ?
Belle Clorinde ! ô ciel ! le pouvoir de tes charmes
Avec moins de douceur pénètre-t-il mes larmes ?
Et tes appas ont-ils désormais moins d'attraits ?
Et m'accablent-ils moins du poids de mes regrets ?
O tombe ! qui m'est chère , et qu'en voyant encore ,
Je voudrais arracher à ce lieu que j'abhore ,
Présente mes soupirs , par ce vœu plus humain ,
Au précieux dépôt que renferme ton sein.
Clorinde , désormais n'en peut être offensée.
Au bienheureux séjour où son ame est placée ,
Garderait-elle , hélas ! quelque ressentiment
Pour un crime où mon cœur est encor innocent ?
Quoi qu'ait été ma rage inouie et cruelle ,
Tancrède l'adorait , il brûle encor pour elle.
Mais , que dis-je ? Clorinde , ô ciel ! meurt, je le voi ,
Et la mort a glacée... Ah ! c'en est trop pour moi ,
Arrachons sans pitié d'une main ennemie ,
Ces vains soins qu'on a pris de conserver ma vie.
Tancrède n'ayant pu s'unir avec son cœur,
Avec son corps au moins unira sa douleur.
Se peut-il que l'on ait avec tant de mesure ,

En moi pris tant de soin pour un sang que j'abjure.
Non , je ne puis souffrir dans le fond de mon cœur
Le souffle qui m'anime et qui me fait horreur.
C'en est trop... Mais que vois-je , au séjour des orages ;
Est-ce une illusion ? quel jour... et quels présages ?...

SCÈNE IV.

GODEFROY, TANCRÈDE, les chefs de
l'armée, VAFRIN.

TANCRÈDE.

AH ! chrétiens, venez-vous, et vous-même, seigneur,
A cette tombe, hélas ! rendre un dernier honneur ?
Et dans ce même instant , voyez-vous quel prestige ?...
Est-ce un trait abusif , une erreur , un prodige ?
Vois-je bien ? crois-je voir ?.. ma funeste fureur
Joint elle à mon supplice un surcroît de douleur ?
Ah ! je ne sais encor , en horrible barbare ,
Si c'est moi qui me trompe , ou si mon cœur m'égare.
Ciel ! l'image descend , en croirai-je mes yeux ?

SCÈNE V et dernière.

GODEFROY, TANCRÈDE, VAFRIN,
Les chefs de l'armée, CLORINDE.

CLORINDE au ciel , dans un nuage environnée d'une
brillante lumière.

VOUS ne vous trompez point, oui, dans ces mêmes lieux
Brave ennemi , Clorinde à vos feux plus sensible

Apparaît pour calmer cette douleur pénible.
Modérez-là dans vous, elle blesse ses yeux,
Où plutôt l'oubliez, et voyez dans les cieux
Clorinde, et regardez l'éclat qui l'environne ;
Oui, je jouis par vous d'une double couronne,
Et c'est vous qui m'avez au céleste séjour,
Fait trouver le bonheur du plus parfait amour.
Vous m'y voyez, ami, rayonnante de gloire ;
Je triomphe, Tancrède, adorez ma victoire.
Les traits resplendissans dont vous êtes surpris,
Sont les mêmes encore à vos yeux trop épris ;
Oui, regardez Clorinde, et voyez la blessure
Faite par votre main sans me faire une injure.
Essuyez désormais ces pleurs qui me sont chers,
Et soyez sûr que rien n'adoucit plus des fers
Que ce repos, hélas! qu'un objet qui nous aime,
Au céleste séjour trouve en son bonheur même.
Espérant que nos cœurs par un bonheur plus pur
Un jour se rejoindront au séjour de l'azur.
Vivez en attendant qu'à cet instant nos ames
Ressentent dans les cieux de plus célestes flammes.
Espérez ce bonheur au bienheureux séjour,
A moins que votre cœur, oubliant son amour,
Pour de terrestres biens, pour des biens altérables,
Préfère, au lieu du sien, des charmes périssables.
A ma droite, par-tout, voyez autour de moi,
Ce bonheur inéffable, et ce que je vous doi ;
Dieu me donne en son sein cette place immortelle,
Ou l'univers entier par lui se renouvelle ;
Forcée à remonter à cet éclat des cieux

Je ne puis demeurer plus long-tems à vos yeux ;
Ami, n'en doutez point, des peines de la vie
Voilà du moins la fin auquel un Dieu nous lie ;
Et c'est le seul repos que nos sensations
Ont du tems qui s'enfuit pour consolations.
J'y vais jouir en paix de sa source féconde.
Tancrède, adieu ; calmez cette douleur profonde,
Certain que je vous aime au séjour éternel,
Autant qu'il est donné par un être immortel.

(Elle se perd dans les nuages).

TANCREDE.

O Clorinde !... Mais, ciel ! à ma vue égarée,
L'image disparaît dans la voûte azurée.
Seigneur, quelle lumière elle a mise en mon cœur ?
En éprouvé-je encore un calme à ma douleur ?
Non, quel que soit, ô ciel ! l'oubli de ma détresse,
J'en garderai toujours un reste de tristesse ;
Je cherche... mais envain... Hélas ! je ne puis plus
Rencontrer les seuls traits que mes yeux ont perdus ;
En vain à ma douleur je succombe, je cède,
Et sens plus que jamais le tourment qui m'obsède.

GODEFROY.

Que vois-je, il perd encor l'usage de ses sens.
Ah ! pour le soulager ne perdons point de tems ;
Et pour un nouveau calme à sa peine inouïe,
De Dieu reconnaissons la sagesse infinie.

Fin du cinquième et dernier Acte.

ERRATA

Page 1, vers 7 ; tout , *lisez* : lui.

Page 8 , vers 8 ; la , *lisez* : les.

Page 9, vers 17 ; disparaît à , *lisez* , s'échappe de

Page 17 , vers 8 ; tout , *lisez* : et pour.

Page 18 , vers 4 ; en présente à ta gloire , *lisez* : à tes triomphes donne.

Idem , vers 10 ; t'en offre , *lisez* : t'envoie.

Page 19 , vers 21 ; l'honneur , *lisez* : la foi.

Page 27 , vers 1 ; *lisez* : pardonnez sans virgule.

Page 29 , vers 7 ; d'être alarmé d'un cœur : *lisez* : alarmé de terreur.

Idem , vers 21 ; Ah! quel en est, *lisez* : Quel en est donc

Page 33, après ce vers 24 ;

Lui déclarer l'excès de mon trouble mortel , *ajoutez* :

Ou mourir du tourment qui m'accable pour elle.

VAFRIN.

Tout aussi bien que lui , par une erreur semblable ,

Ne me trompé-je point. (*à Tancrède.*) Non , sans doute , arrêtez ;

Prince, trop malheureux , vos sens trop agités...

Ainsi , vers suivant, *au lieu de* :

Arrêtez ; ciel! que vois-je en, *lisez* :

Mais n'étant plus à lui dans , etc.

Page 34 , vers 8 ; rester , *lisez* : avoir.

Page 35 , vers 3 , hélas , *lisez* : ainsi.

Page 36 , vers 2 ; remis , *lisez* : remise.

Idem , vers 26 ; lui rendant du sujet , *lisez* : Et rendant à ses yeux.

Page 38 , vers 20 ; prêt , *lisez* : près.

Page 40, vers 10 ; ignorant tant de, *lisez* : Surprise de ses

Page 42 , vers 1 ; un , *lisez* : ce.

Page 44 , vers 17 ; sans cesse , *lisez* : toujours.

Page 46 , vers 13 ; ses , *lisez* : ces.

Idem, vers 24 ; hélas! vous n'avez point l'image , *lisez* :

Vous n'avez nullement les redoutables.

Page 54 , vers 5 ; poudres , *lizez* : poutres.

www.ingramcontent.com/pod-product-compliance
Lightning Source LLC
Chambersburg PA
CBHW060455260626
47161CB00005B/2120